Lettre à Victor Cousin

Alessandro Manzoni

Texte et illustration de couverture : © domaine public
Edition : Culturea (Hérault, 34)
Contact : infos@culturea.fr
Retrouvez notre catalogue sur http://culturea.fr
Imprimé en Allemagne par Books on Demand
Design typographique : Derek Murphy
Layout : Reedsy (https://reedsy.com/)

Dépôt légal : janvier 2023

ISBN : 9791041846078

Lettre à Victor Cousin

Alessandro Manzoni

Milan, 12 novembre. 1829.

Il y a deux parties dans votre lettre du 17 août, cher ami: l'une, à laquelle j'aurais dû répondre plus tôt; l'autre, à laquelle, avec un peu plus de judiciaire, je ne devrais répondre jamais, ou ne répondre autre chose, si non que je ne sais pas répondre. Vous savez, cher homme, ce que vous m'avez demandé: un jugement de votre jugement d'une fière époque de la philosophie, dans ses rapports avec la philosophie toute entière. Je ne vous dis pas que cela soit trop, que vous ayez donné au sujet une étendue arbitraire, messa troppa carne a fuoco, comme nous disons; je ne vous dis pas non plus qu'il ne soit pas bon d'avoir l'avis des gens: mais encore faut-il voir à qui l'on s'adresse. Or vous savez bien aussi à qui vous vous êtes adressé cette fois: vous savez que je suis un élève de rhétorique qui ai écouté, quelque fois et en passant, à la porte de la salle de philosophie, vous savez que, je ne dis pas pour répondre d'une manière satisfaisante à la question che vous me faites, mais pour en parler un peu pertinemment, il me faudrait quelques mois d'étude spéciale de votre Cours,précedés de quelques années d'étude de la bagatelle que vous y passez en revue. Est-ce à dire toutefois que je n'aie rien à dire sur ce que j'ai eu le bonheur de lire jusqu'à présent de votre Cours? Ah qu'il s'en faut, mon ami! Je ne me souviens guères d'avoir lu de livre qui m'ait fait penser autant de commentaires dans ma tête, sur lequel j'aie autant jasé toutes les fois que l'occasion s'en présentait, et sur lequel je sois aussi prêt à jaser chaque fois que l'occasion s'en présente. Mais de tirer de tout ce fatras une réponse à la diablesse de question que vous faites, je vous en défierai, quand même je pourrais vous le présenter tout ensemble. Ainsi je ne puis pas vous donner ce que vous me demandez: si vous êtes assez bon pour vouloir quelque chose de ce que je puis vous donner, je serai assez hardi ou assez nigaud pour vous en donner. Je dis quelque chose, car si j'allais essayer de vous donner le tout, vous crieriez bientôt parce, precor, precor; vous qui demandez un volume. Je vous présenterai quelques échantillons détachés, déchirés même des idées que vos leçons ont fait naître en moi, je les choisirai au hasard, prenant de préférence ce qui me paraîtra avoir l'air de vouloir bien se laisser écrire, ce qui m'offrira un petit bout saisissable.

Mais avant tout, car je ne sais où ceci va m'entrainer, deux mots sur la partie de votre lettre à laquelle il m'est bien facile de répondre. Je vous remercie de la visite aussi agréable qu'honorable que vous m'avez procurée. J'ai reçu M.r Saint-Marc Girardin comme un inconnu; et c'est vous qui en avez été la cause en n'écrivant qu'une partie de son nom, que j'ai depuis retrouvé tout entier dans la Gazette de Milan à la rubrique des arrivées et des départs. Mais si, à cause de ce quiproquo, je n'ai pu lui témoigner une ancienne estime, il aura vu, j'espère, celle qu'il m'inspirait. Veuillez, je vous prie, lui dire un mot du souvenir plein de regret que m'a laissé cette apparition si courte qu'il a fait chez moi, avec son aimable compagnon de voyage.

Maintenant, avant d'entrer dans la terrible matière, il faut que je fasse mes conditions: ou plutôt vous les connaissez déjà; car elles sont la conséquence nécessaire de la déclaration que j'ai faite au commencement. Je suis un ignorant; je ne me crois donc pas en devoir de savoir au juste ce que je dis; et je veux en même temps parler avec une certaine assurance, d'abord pour jouir des avantages de ma qualité, et puis pour ne pas m'entortiller dans des à-peu-près et des peut-être. C'est vous qui voulez que je parle: la botte dà del vino ch'ell'ha: buvez, sans faire la grimace, le vin que vous aurez tiré. Je ne réponds pas plus de mes raisonnemens que de mon français. Vous n'aurez de moi rien de complet, ni rien de lié: ni un tout, ni des parties. Surtout ne vous attendez pas à de l'ordre... Je songe pourtant qu'il en faut partout, et que l'on peut en faire à volonté. Je partage donc mon sermon en deux points: admiration et contradiction. Je traiterai le premier à genoux, le second, debout, et les mains sur les hanches. J'entre en matière.

Par où, mon ami? Par quelque chose qui ne soit pas un commencement, quand ce ne serait que pour éviter cet ordre naturel dans lequel je ne saurais ici faire deux pas. Je vous parlerai donc d'abord d'une des plus fortes impressions qu'ait produit en moi votre théorie historique de la marche de l'esprit humain: son extraordinaire applicabilité. Applicabilité immédiate d'abord, qui fait non seulement que l'on adopte souvent les applications que vous faites vous-même, mais qui fait souvent aussi [que] l'on range le peu qu'un sait (je parle pour moi) dans les classes que vous avez établies, qui ait que l'on retrouve dans ses connaissances antérieures des preuves à ajouter à celles que vous donnez; et qui fait, par cela même, que ces connaissances acquièrent un dégré de clarté, de certitude et d'importance dont elles étaient bien loin. Applicabilité ensuite plus éloignée, plus étendue, par laquelle on ramène à vos classifications, on s'explique par vos principes, on réunit avec vos liens des faits autrefois observés, des faits appartenant en apparence à un ordre de choses tout autre, des faits, qui, certes, ont une dépendance de vos généralités, mais une dépendance si lointaine, que l'on ne peut la découvrir sans être forcé de reconnaître à ces généralités une grande portée. Il m'est arrivé après avoir lu un des endroits (je suis fâché de ne pas le retrouver pour vous l'indiquer) où vous représentez l'esprit humain révolté contre des synthèses vieillies dans la domination, s'essayant à reprendre par l'analyse la matière que celles-là avaient voulu expliquer et régler, et procédant dans cette opération avec un mélange de hardiesse et d'incertitude, abusant de la nouvelle methode par la précipitation des conséquences, retombant dans l'ancienne sans s'en apercevoir, et profitant de la disposition de l'ancienne pour la combattre avec des armes dont elle lui reprochait de se servir, etc., il m'est arrivé, dis-je, d'être obligé de suspendre la lecture, pour faire, ou plutôt pour laisser se faire dans ma tête l'application de ce que je venais de lire, à tel livre italien de littérature publié vers la moitié du siècle passé, livre dont on se souvient rarement à présent, mais qui fut, à son apparition, un grand objet de scandale et d'admiration, et auquel j'avais pensé souvent, où j'admirais moi-même un singulier mélange de bon et de mauvais, et dont j'avais été fort embarassé de donner l'explication, c'est-à-dire l'histoire. Je la trouvais toute faite, je la trouvais involontairement: mutato nomine, de illo fabula narrabatur. Autre fait; car toutes, les fois qu'un exemple se présentera pour expliquer ma pensée, je m'en fierai plus à lui qu'aux raisonnemens. J'avais dans ma tête et dans mon coeur, comme on dit, un singulier odi et amo pour cette école qui veut réduire la morale à l'intérêt, ou plutôt qui veut tirer la morale de l'intérêt. D'un côté je la voyais acharnée à m'enlever un mot, dit-elle; mais quel mot! celui qui me vient le premier à la bouche, celui que j'entends le premier, toutes les fois qu'il s'agit d'apprécier un acte de la volonté humaine; ce mot encore plus souvent sous-entendu; qu'il n'est employé; que l'on retrouve dans les lieux, dans tous les tems où la connaissance peut atteindre; ce mot dont on se sert pour approuver tout ce que l'on veut approuver, pour flétrir tout ce que l'on veut flétrir, tant on est sûr qu'il est entendu par tout le monde! ce mot que l'on oppose à tout, avec l'assurance qu'il est victorieux de tout, lorsqu'il est légitimement appliqué; ce mot dont on part dans les disputes; avec l'assurance qu'il est admis par tout adversaire; la justice! ce mot, sans lequel on ne saurait comment s'entendre, pourquoi on s'est entendu jusqu'à présent, avec lequel s'en iraient tant d'autres, dont l'abjuration paraîtrait également une espèce d'abjuration de l'humanité: devoir, conscience, etc. Et, chose étrange, chose impatientante, ou plutôt chose douloureuse, en nous enlevant le mot, cette école prétend nous laisser la chose, ou plutôt nous la rendre en meilleure forme, elle prétend arriver à l'endroit d'où tous les honnêtes gens ont accoutumé de partir; elle prétend être une vérité qui se trouve toujours d'accord avec une certaine erreur; c'est un principe rationnel qui a peur de ne pas se rencontrer dans les conséquences avec un principe déraisonnable. C'eût été déjà assez pour se défier du principe et de sa raison; mais lorsque j'examinais le chemin par lequel il prétendait me conduire, j'étais d'abord et je demeurais toujours plus convaincu de l'impossibilité d'arriver; je trouvais que c'était se moquer que de proposer pour règle des jugemens et de la conduite telle chose que l'utilité. L'utilité de celui qui agit, et de tout le monde! Voilà une bagatelle à vérifier dans toutes les suites des action passées, pour les juger légitimement, selon cette dottrine; voilà une bagatelle encore plus forte à déviner dans les suites de ce à quoi l'on se résoudra. Bref, je me croyais plus qu'autorisé à rejeter la doctrine de cette école, sans l'écouter davantage. Mais, de l'autre côté, ce n'était pas chose facile de ne pas l'écouter; c'était même chose insensée. Car, toutes les fois que je l'écoutais, que je la suivais dans les applications qu'elle a fait de ce même principe aux sciences les plus importantes, à l'economie politique, exemple, à la jurisprudence, je devais reconnaître que ne pas vouloir l'écouter ce serait ne pas vouloir connaître. Que de faits observés! et que d'observations justes! Quel détail long, suivi, lié des conséquences de telle action, de telle prescription! Que de bons jugemens, et que de bons avis! Ce qu'il y a même de choquant (pour me servir du mot le plus doux) dans ce principe d'utilité, de jouissance, on ne s'en aperçoit presque plus dans l'application que ces gens en font; car où placent-ils presque toujours ce plaisir la plus part? dans l'activité, dans la fidélité à ses engagemens, dans le plaisir fait aux autres, dans la bienfaisance enfin et dans la bienveillance; cet égoisme, cet épicuréisme qui semblerait devoir découler du principe comme de sa source, on le trouvera plus volontiers dans les écrits de ceux qui le repoussent que dans les écrits qui veulent l'établir. Or, voulez vous savoir quel était pour moi le résultat de toutes ces réflexions opposées? c'était de m'écrier: c'est singulier!: ces mots par lesquels on conclut si souvent, tandis qu'ils devraient être le signal de l'ouverture de la discussion. Non seulement je ne venais pas à bout de juger d'un seul jugement cette doctrine, mais je n'y songeais même pas.

J'y ai songé après que la chose s'est trouvée faite et ce fut en vous lisant: c'est grâce à vous que toutes ces contradictions qui étaient l'obstacle à la formation de mon jugement, en sont dévenues les éléments. J'ai vu par vous comment une philosophie systématiquement, exclusivement analytique, et qui a établi ou qui suppose a priori qu'il n'y a pas dans la conscience un seul phénomène qui ne soitréductible à la sensation, est amenée nécessairement, si elle ne veut pas douter d'elle même, à nier toutes les notions qu'elle ne peut réduire à des élémens sensibles. Voilà, me suis-je dit, pourquoi cette école ne veut pas de la justice, du devoir, etc. J'ai vu, également par vous, comment une philosophie qui prend une partie pour le tout, peut exploiter admirablement cette partie, comment elle peut avoirsa vérité, son utilité, sa grandeur. Voilà, me suis-je dit encore, pourquoi cette école parle souvent si bien de l'utile qu'elle a voulu chercher et qu'elle pouvait réellement trouver jusqu'à un certain point par sa méthode: voilà comment elle a travaillé pour la justice qu'elle rejette, ou pour mieux dire qu'elle ne veut pas nommer, car au fond, elle tient à la chose: d'où part-elle? d'où tire-t-elle cette règle qu'il faut chercher l'utilité de tout le monde? Pourquoi après avoir fait quelques pas dans sa voie d'analyse se hâte-t-elle de dire qu'elle est arrivée à découvrir, à démontrer que telle chose est utile à tout le monde, et qu'il faut que tout le monde soit d'accord à la vouloir? Parce qu'elle le savait d'avance qu'elle était désirable; elle croyait la chose parce qu'elle la savait juste. Voilà pour mon odi et pour monamo tout ensemble. Tout ceci est bien maigre, bien tronqué, même inexact en apparence, et vous m'en saurez gré, car vous voyez certainement combien ie pourrais m'étendre sur ce sujet, par combien d'endroits je pourrais ramener un jugement unique sur cette doctrine à votre enseignement. Mais ma modération ne serait qu'illusoire si après avoir étranglé ce que j'aurais à vous dire sur cette application de votre doctrine, j'en entamais d'autres semblables sur des sujets différens. Car je vous assure que j'aurais bien à dire sur cette applicabilité de votre doctrine; et en verité je ne saurais pas si vos leçons sont plus importantes pour ce que l'on y apprend directement de tout-à-fait nouveau, ou pour le moyen que l'on y trouve d'arranger ce que l'on avait déjà observé: on avait sur telle et telle autre matière une cohue d'idées dans sa tête; on s'en fait un régiment. Je sors donc de ce sujet, et j'en sors d'autant plus facilement que je me trouve naturellement amené à vous parler d'une autre impression également forte qui m'est restée de vos doctrines: c'est celle de leur extraordinaire généralité. C'est encore une chose qui vous distingue éminemment, lorsque vous avez raison (voyez vous ici paraître un petit bout d'oreille de la seconde partie?) de presque tous ceux qui ont raison: c'est que vous l'avez dans un champ extraordinairement vaste, sur une grande quantité de points à la fois. Il en est qui déduisent raisonnablement, ingénieusement telle morale, telles institutions, etc., de telle philosophie; qui font naître telle philosophie de telles circonstances intellectuelles, politiques, physiques même; qui ramènent un effet, quelques effets à une cause qui ne paraît pas du tout prochaine, et que l'on trouve véritable. Vous, les causes des autres sont pour vous des effets communs de causes bien plus vastes, les genres des autres deviennent, dans votre ensemble, des espèces. Ils font voir que tel individu, que tels individus appartiennent à telle famille; chez vous cette famille même est placée dans une classe immense, à laquelle d'autres familles appartiennent et par les mémes raisons on est rappelé à l'ensemble par les détails quelquefois les moins remarquables, comme l'on songe à tout plein de détails lorsqu'on examine un principe général. On peut ne pas être de votre avis sur tel argument spécial, sur tel jugement d'une époque, d'un système, d'un homme, mais si l'on croit ce que vous en affirmez, on croit ensemble bien davantage, on croit tout plein de choses sur d'autres époques etc., semblables à celle-là, ou tout-à-fait différentes, sur d'autres sujets qui ne sont qu'indiqués par vous et dans d'autres endroits, ou qui ne sont pas même indiqués nulle part. Mais cette généralité s'étend bien au delà; elle est d'une applicabilité bien plus étendue que l'application que vous en faites. Mais ne retournerais-je pas par hasard et sans m'en apercevoir au chapitre de l'applicabilité dont je croyais être sorti pour toujours? Ce serait tant pis, ou tant mieux; car si un lecteur qui n'est pas philosophe, en croyant observer une philosophie sous différentes faces, se trouve ramené à un point de vue unique qu'il n'avait pas prévu d'avance, c'est un préjugé qui n'est pas défavorable du tout. Or, puisque j'ai dû une fois faire cette remarque, et que mon attention est réveillée là-dessus, je soupçonne que ce même lien qui réunit peut-être les deux impressions dont je vous ai parlé, s'étende aussi à une autre dont j'allais vous parler, et à laquelle non plus je ne soupçonnais, certes, aucune liaison avec les autres. Je voulais donc vous parler de l'mpartialité qui règne dans votre manière d'observer la philosophie et de narrer les philosophies. On serait presque tenté de ne pas vous en faire un mérite; tant elle est chez vous naturelle, on dirait presque involontaire, tant, dans votre plan, elle est obbligatorie, je dirais presque intéressée; mais c'est justement ce qui constitue votre plus grand mérite sur ce sujet. Je ne suis pas même satisfait du nom dont je dois me servir pour qualifier cette qualité; car les idées que l'usage le plus fréquent a associées à ce nom, d'impartialité sont bien loin de celles que l'on a en vous l'appliquant. Il y a, ce me semble, deux dégrés, ou plutôt deux genres d'impartialité. L'une qui consiste à accorder à ses adversaires quelque chose de ce qu'ils prétendent expressément, à reconnaître quelques vérités, que l'on plante-là tout-de-suite après, croyant en avoir assez fait par ce grand effort, et comme s'il y eût des vérités qui ne fussent bonnes qu'à reconnaître; ou si l'on croit devoir s'en occuper encore, c'est pour prévenir toutes les conséquences qu'on pourrait en tirer, pour empêcher le mal qui pourrait en dériver, comme s'il y avait des vérités qui ne fussent fécondes qu'en erreurs. Et cette pauvre impartialité, oh misère humaine! est encore rare; mais elle est commune en comparaison de celle dont je veux parler, qui est la votre (je ne dis pas toujours; et j'aurai même à vous parler d'un endroit qui me semble faire étrangement exception); mais qui est habituellement la vôtre. Vous n'accordez rien à ceux que dans tel moment on pourrait regarder comme vos adversaires; car vous ne songez pas que ce qui a été dit de vrai puisse jamais être contre la chose pour la quelle on doit être; vous les louez et les remerciez. Vous en dites un bien dont ils ne se vantaient pas, dont souvent ils ne s'avisaient pas; et ce bien de leurs doctrines est trouvé par le même principe qui en découvre le mal; vous n'êtes pas embarrassé de ce que vous devez faire de leurs vérités, car vous avez déjà préparé la place pour les mettre en honneur; ce serait quand on vous empêcherait de les reconnaître que vous seriez embarrassé; car votre philosophie en serait mutilée, elle y perdrait plus que la leur. Vous n'avouez jamais, vous dites; vous observez, vous mentionnez, vous tenez compte. Ce que des hommes accoutumés à ne voir dans les choses que ce qu'elles ont d'usuel, pourraient appeler des aveux, ne sont que des actes de prise de possession. Lorsque après avoir dit: (p. 145) « il y a plus de trois mille ans que ce système existe; il y a plus de trois mille ans qu'on lui fait les mémes objections » vous vous hâtez d'ajouter « qu'il y a trois mille ans aussi qu'il rend les plus précieux services au genre humain en étudiant un ordre de faits etc. », on voit bien que cet empressement ne vient pas principalement de la crainte d'être injuste; mais de la crainte que l'on ne prenne pour votre pensée ce qui n'en est qu'une partie, que l'on ne s'arrête à une vérité, qui, envisagée comme toute la vérité sur ce sujet, serait pour ainsi dire une erreur. Cette impartialité est d'autant plus haute qu'elle est plus facile; car d'où vient sa facilité si non de ce qu'elle est placée loin, au dessus de ce qui fait obstacle à l'impartialité? Il est beau de vaincre des répugnances systématiques; il est plus beau d'aimer la vérité, et de s'y fier au point de ne pas avoir de ces répugnances à vaincre. Elle est d'un effet d'autant plus sûr et d'autant plus durable qu'elle est moins sujette aux regrets et aux dédits: ce qu'elle admet, elle en fait son bien; reprende, pour elle, ce serait perdre: opus iustitiae pax. Elle est de plus l'impartialité la plus expansive, si j'ose m'exprimer ainsi. Je ne dis pas, à Dieu ne plaise, que vous l'ayez inventée: je ne nie pas non plus, que les circonstances soient extraordinairement favorables à son règne, et que les esprits y soient extraordinairement disposés, qu'il y en ait quelque part beaucoup, et partout plus que jamais; ainsi je ne me chargerai sûrement pas de démêler jusqu'à quel point vos leçons sont plutôt une cause qu'un effet de cette disposition; mais je vois bien clairement qu'elles en sont tout ensemble un effet extraordinairement signalé, et une cause extraordinairement puissante.

Y avait-il beaucoup de monde aux leçons de M. Cousin? Ont-elles beaucoup de lecteurs? C'est la seule chose dont je m'informerais (si l'on pouvait l'ignorer ou en douter), pour être assuré de leur efficacité sur ce point. Après vous avoir suivi sur ces hauteurs d'où l'on discerne la vérité mêlée aux erreurs, et leur donnant même cette vie passagère qu'ils ont et cette force qu'ils exercent, il faudrait un effort, et un de ces efforts que l'on ne fait pas, pour descendre, et prendre une place, ou reprendre une ancienne place dans le champ étroit des systèmes. On a été trop content de s'expliquer dans cette position tant de choses auparavant si obscures, si contradictoires, pour ne pas s'y tenir; on y a trop goûte le plaisir calme et élévé, on a même trop gagné la tentation d'être juge, pour redevenir plaideur obstiné et chicaneur; on s'y est trop dégoûté de cette manière de juger par laquelle on peut voir une folie complète dans un exercice sérieux, étendu, durable de l'intelligence humaine, pour y revenir, ou pour la prendre.

Mais d'où vient cette efficacité de votre philosophie en ce point comme en tant d'autres? pourquoi est on entrainé, forcé d'être impartial avec vous, si ce n'est parce qu'on a été forcé d'adopter des points-de-vue élevés, généraux, très compréhensifs, dont vous avez tiré vous-même votre impartialité? Vous avez la bonté de me demander si votre division et votre classification des différens systèmes de philosophie n'est pas arbitraire comme tant d'autres. J'avoue que je serais charmé de pouvoir vous répondre catégoriquement là-dessus. Ce que je puis vous dire c'est que, à en juger par moi, je trouve que rien qu'à la simple exposition de ce système général de division des systèmes philosophyques, on sent, on voit, pour ainsi dire, ses propres souvenirs, les idées, les corollaires qu'on avait dans la tête se ranger autour de ce système; ce que je puis vous dire encore, c'est qu'il me semble qu'après avoir vu le développement et les applications que vous faites de ce système, la juxtaposition que vous en faites avec tant d'histoire de la philosophie, avec un si vaste et étendu exercice de l'intelligence, après avoir fait avec un tel essai de ce système, on ne peut plus s'en défaire: dans ce que l'on a observé avec vous, dans ce qu'on l'observe soi-même dans la suite, on ne peut plus faire abstraction de ces différentes classes, de leurs rapports entre elles, etc. On a acquis un coup-d'oeil dont on se servira infailliblement; on sait où il faut regarder; on trouve, ou au moins l'on cherche une centaine, passez-moi cette figure italienne, à tout écheveau de philosophie que l'on prend en main. On voudrait être gros Jean comme devant, qu'on ne le pourrait pas.

On ne pourra s'occuper d'aucune philosophie, sans chercher à la ranger dans une de vos grandes classes, sans chercher à y découvrir, sans y entrevoir même laquelle des grandes tendances que vous avez observées y prédomine. Je suppose que des hommes érudits et méditatifs pourront ne pas être d'accord avec vous sur la distribution de quelques places: car celui qui s'attache à observer une partie est souvent fort dans cette même partie contre celui qui en traite plusieurs ensemble; on pourra tirer telle philosophie, tel philosophe de la classe où vous l'avez mis; mais ce sera pour le placer dans une autre de vos classes: je conçois qu'on transporte des meubles, mais je ne conçois pas qu'on change la disposition des appartemens.

Ce que je pense pour la classification, je le pense aussi pour des relations très importantes entre les classes mêmes et pour leur rapport avec les conditions générales de l'humanité. Que l'on examine même le plus superficiellement et comme je pourrais le faire, deux philosophies contemporaines, et qui se présentent comme tout-à-fait ennemies, tout-à-fait opposées, on ne peut pas ne pas supposer d'avance qu'il y a entre elles une grande homogénéité, une grande consanguinité, pour ainsi dire, que l'on n'aurait pas même soupçonnée autrefois; on sera porté à l'y chercher, ou à l'y deviner, pour peu que l'on prenne d'intérêt à ces mêmes philosophies.

J'aurais bien des choses à vous dire encore sur cette inévitabilité, car je ne saurais comment m'exprimer autrement, de votre manière de voir l'histoire de la philosophie qui est un autre caractère de votre enseignement qui m'ait le plus frappé; j'en aurais bien à vous dire sur d'autres; mais, mon ami, je suis fatigué d'être à genous. Je coupe donc court à cette première partie; et je vais même la résumer, puisque je vois, bien contre mon attente, que cela peut se faire; car tout cela s'est lié sous ma plume, je ne sais comment, et les pièces que je croyais détachées dans ma tête se sont cousues ensemble à mesure que je les plasais l'une à côté de l'autre.

Quant au résultat, si vous étiez homme à vous réjouir des suffrages, sans examiner d'où ils viennent et avec quoi ils viennent, vous devriez avoir lieu d'en être bien content. Car, dire qu'une histoire, ou une méthode d'histoire, ou un essai d'histoire, comme vous voudrez, s'exerçant sur une immense généralité de faits, les divise, les range, les subordonne, les lie; dire que les moyens, les règles dont elle se sert pour cela, sont tels qu'on les trouve excellens pour comprendre d'autres faits, pour résoudre d'autres problèmes qui en apparence seraient en dehors de cette histoire; dire qu'elle se propose de cherchez presque toujours ce qu'il pourrait y avoir de bon dans tous les exercices ardens et persévérans, dans toutes les manifestations éclatantes de la pensée humaine; et qu'elle fait cela de manière à en propager le goût, le besoin, l'habitude, à entrainer l'imitation par l'assentiment; dire enfin que l'efficacité qu'on y a observé dans ce cas particulier, n'est aussi qu'une espèce d'une efficacité bien plus vaste; que le regard philosophique de celui qui l'a connue en a pris l'habitude de se porter de soi sur les points saillans indiquées par elle, et de suivre ses directions; c'est dire qu'elle exerce une grande force sur les esprits, et qu'elle tient cette force d'une grande vérité qui est en elle: c'est dire qu'elle a, à un très haut dégré, de ce vieux et de cet universel qui est le vrai, et de ce nouveau et de ce particulier qui en vient et qui fait le grand; c'est dire qu'elle doit exercer dans le règne de l'intelligence humaine une grande influence, et y faire beaucoup de bien. Voilà ce que je me trouve avoir dit, moi qui ne voulais rien dire, et (quel dommage que ce soit moi et que cela ne compte rien) c'est bien ce que je pense. Je sens bjen que cela signifie rien; mais heureusement je pense cela en grande compagnie; ainsi mon suffrage qui par lui-même par ses motifs ne compterait rien, compte quelque chose en faisant nombre; ce sont deux moins de plus qui claquent, et y sont pour leur part à faire le brouhaha.

Mais je pense aussi autre chose: et me voilà arrivé tout naturellement à ma seconde partie. C'est ici, mon ami, que je suis encore plus vivement frappé de la difficulté de ma tâche, ou plutôt de l'étrangeté de mon entreprise. Je voulais recommencer à en rire; mais je ne puis. La disproportion entre mes forces et le sujet, m'avait d'abord paru quelque chose de bien plaisant; mais, à mesure que j'ai avancé, j'ai dû sentir qu'il pouvait bien y avoir là une raison de me taire, mais pas le plus petit mot pour rire; j'ai dû m'apercevoir que je parlais tout de bon, et que je n'aurais pu parler autrement; et qu'ainsi ce parti que j'avais pris d'abord de me moquer d'avance de ce que j'allais dire, qui m'avait semblé un bon moyen d'échapper à cette responsabilité qui pèse sur toute parole, une espèce de désaveu éventuel et commode de ce qui aurait pu vous paraître par trop singulier, n'était qu'un contresens ridicule lui-même. Et pourtant ce m'était une contenance: evouez que ce n'est pas pour moi une petite affaire d'en trouver une autre: et cela au moment de vous attaquer. Car, tout de bon, je vais vous attaquer; moi!

Une histoire de la philosophie suppose une philosophie exposée, ou simplement indiquée; proposée expressément ou sous-entendue, il faut qu'elle y soit: s'il n'y en a pas une, il y en aura plusieurs, il y aura, pour mieux dire, des lambeaux de plusieurs. Car, comment raconter, comment classer des systèmes, sans les juger? et comment les juger sans les comparer à un type préexistant dans l'esprit, à des vérités, préconnues ou pressenties, à ce qu'on croit des vérités? Je suis si persuadé de cela, que je croyais l'avoir trouvé; et c'est de là que je voulais partir pour vous présenter mes difficultés. Ce n'est qu'en vous relisant que je vois que c'est de vous que je dois avoir appris cela, puisque cela y est dit et répété. Je crois aussi que c'est de la lecture de ce Cours même, peut-être aussi de quelque autre livre, mais de celui-là particulièrement, et plus particulièrement des premières pages de la 3.eme leçon 1828, que m'était resté, nescio qua in parte mentis meae, un théorème bien plus général que je croyais né dans ma tête parce qu'il y avait parti à la suite de longues réflexions, et qu'il semblait en sortir: qui est que non seulement tout ce qu'on peut dire sur l'histoire de la philosophie, mais tout ce qu'on peut dire sur un sujet quelconque suppose une philosophie; parce que dans tout ce qu'on dit sur un sujet quelconque on sous-entend quelque chose qui en est le fondement, la condition essentielle; on le sous-entend soi-même, et on le suppose, même, sans s'en rendre compte, sous-entendu par les autres; parce que l'étude de la philosophie n'est autre chose, n'est rien moins que l'étude de ces sous-entendus si peu étudiés et si continuellement, si inévitablement employés.

Mais il ne s'agit pas ici de débrouiller dans ma tête ce que vous y avez mis d'avec ce qui pouvait y être auparavant: et également ce me serait chose impossible: il s'agit de vous indiquer ce qu'elle n'a pas voulu recevoir, et de vous indiquer en même temps il come e il perché. Or c'est précisément et principalement sur des points essentiels de votre philosophie que mon esprit n'a pu, et ne peut adopter vos idées: à tel point que j'ai dû en venir à me demander à moi-même s'il n'y avait pas de la contradiction dans mon fait, et comment je pouvais persister dans une si vive et si humble admiration d'une grande partie de l'histoire, en récusant avec tant de résolution une grande partie de la philosophie qui en est la base et la règle. Avant de vous dire ce que le me suis répondu, je dois enfin vous présenter quelques unes de ces objections.

Je dis des objections; car je crois que ce ne sera à-peu-près que cela. Tenter d'édifier est plus beau que tenter de détruire, sans doute; mais ce n'est pas, dans un tel sujet, l'affaire d'une lettre; ce n'est pas surtout une entreprise meis aequa viribus: je ne me propose donc que d'impugner. Si pourtant sous ma logique, sous mes nego et mes distinguo, vous croyiez apercevoir des arrière-pensées d'affirmations tenant à une doctrine positive sur les points que je discute, vous pourriez fort bien rencontrer juste; car il y a réellement de ces arrière-pensées. Mais je vous demande que les raisons que vous croiriez avoir contre ce que je puis penser et ne dis point, n'influent pas sur le jugement de ce que j'aurai dit. Mon intention est d'employer une logique qui soit aussi la votre, de ne partir que de points sur lesquels je puisse supposer d'avance que nous sommes d'accord. Jugez-moi sur cela et d'après cela; et s'il vous arrive quelque fois de dire: je vois où il voudrait aller; que ce ne soit que pour observer plus rigoureusement si j'ai le droit d'aller jusqu'où je vais.

Vous adressant mes contradictions à vous-même, je n'ai pas besoin d'y mettre un ordre manifeste, et qui puisse être indiqué d'avance. Quelque question que j'aborde, de quelque côté que je l'aborde, vous voyez immédiatement où je suis, et vous pouvez juger, si en vous attaquant par ce côté, je tiens, ou non, compte de l'ensemble. Si dans ces contradictions il y aura une liaison, une progression logique, elle se retrouvera à la fin.

Je choisis donc pour texte un endroit où je trouve une ouverture commode pour entrer en matière.

« Comme, dans l'intuition spontanée de la raison, il n'y a rien de volontaire, ni par conséquent de personnel, comme les vérités que la raison nous découvre ne viennent pas de nous, il semble qu'on peut se croire jusqu'à un certain point le droit de les imposer aux autres, puisqu'elles ne sont pas notre ouvrage, et que nous-mêmes nous nous inclinons devant elles, comme venant d'en haut; au lieu que la réflexion étant toute personnelle, il serait trop inique et absurde d'imposer aux autres le fruit d'opérations qui nous sont propres. Nul ne réfléchit pour un autre, et alors même que la réflexion d'un homme adopte les résultats de la réflexion d'un autre homme, elle ne les adopte qu'après se les être appropriés, et les avoir rendus siens. Ainsi le caractère éminent de l'inspiration, savoir l'impersonnalité, renferme le principe de l'autorité, et le caractère de la réflexion, la personnalité, renferme le principe de l'indépendance » (Cours de 1829, pp. 45-46).

Là-dessus j'ai à vous dire d'abord qu'il me semble que la raison tirée de ce que vous appelez les caractères de la spontanéité et de la réflexion, l'impersonnalité et la personnalité, ne peut servir en aucune manière à établir ni les deux principes opposés que vous donnez à chacune d'elles, ni aucune des différences que vous prétendez établir entre elles.

J'admets, sans y regarder de plus près, qu'il est inique et absurde d'imposer aux autres ce qui est personnel. Quand j'aurai admis aussi que la réflexion est toute personnelle, cela ne me fait rien, ni à la question: car, quoi que je doive entendre ici par imposer, je vois toujours bien clairement que ce n'est pas la réflexion qu'il puisse jamais être question d'imposer. Ce n'est pas de l'opération elle-même, c'est du produit, des résultats de la réflexion qu'il s'agit.

Or, ces résultats sont-ils nécessairement personnels? ne le sont-ils pas? Voilà la question.

Car, s'ils ne le sont pas, votre raison tirée de la personnalité ne leur est pas applicable; la différence sur laquelle vous aviez prétendu établir les deux principes de l'autorité et de l'indépendance, s'évanouit; et ces deux principes ne sont plus que des conséquences de ce qui n'est pas.

Si, au contraire, les résultats de la réflexion sont nécessairement personnels, il s'ensuivra qu'il est inique et absurde de les imposer; mais il s'ensuivra encore autre chose.

Il s'ensuivra tout simplement que l'on ne peut, par la réflexion, obtenir aucune vérité. Car rien n'est moins personnel que la vérité. « Qui a jamais dit: ma vérité? votre vérité? » (1828, leç. 6e, p. 18).

Et ce n'est pas ici un contraste symétrique de phrases choisies pour le produire, ce n'est pas une opposition verbale, extérieure, accidentelle: ce sont deux parties de votre doctrine réellement opposées et dont l'opposition se manifeste davantage à mesure qu'on les retourne et qu'on les rapproche par plus de côtés.

Pourquoi, en effet, semble-t-il, selon vous, que l'on puisse se croire, jusqu'à un certain point, le droit d'imposer aux autres les vérités que la raison nous découvre dans l'intuition spontanée?

Parce qu'elles ne viennent pas de nous, parce qu'elles ne sont pas notre ouvrage.

Or qu'est-ce que la réflexion cherche? que prétend elle, en tout cas, avoir trouvé? qu'entendrait-elle proposer, imposer, aux autres intelligences? Quelque chose qui vînt d'elle, par hasard? Eh mon Dieu non: elle ne crée rien: elle cherche tout bonnement ce qui est déjà dans l'intuition, quelque chose qui ne vient pas de nous, qui n'est pas notre ouvrage, des vérités, en un mot.

Peut-elle en venir à ses fins? Lui est-il donné d'obtenir quelque chose de tel? Il est ridicule de vous faire, une pareille question; il est ridicule même de dire que votre réponse est dans le titre même de votre livre. Mais, je n'ai pas besoin de me prévaloir de cela; le oui et le non me sont indifférens: ils me fournissent même les termes du dilemme, que je vous ai déjà opposé, et que je retrouve à tout bout de cette question. Ou la réflexion peut trouver ce qu'elle cherche, c'est-à-dire quelque chose qui ne vienne pas de nous, des vérités, et alors on doit pouvoir se croire, à l'égard de ce résultat, tout ce qu'on peut se croire à l'égard des vérités que la raison nous découvre dans l'intuition spontanée. Ou la réflexion, parce qu'elle est toute personnelle, ne peut rien obtenir d'impersonnel, c'est-à-dire, ne peut découvrir aucune vérité; et alors, que devient le philosophie, qui est la réflexion?

Mais je serai bien plus fort en vous faisant parler vous-même tout du long:

« Comme il n'y a pas plus dans la réflexion que dans la spontanéité, dans l'analyse que dans la synthèse primitive, les catégories, dans leur forme ultérieure, développée, scientifique, ne contiennent rien de plus que l'inspiration. Et comment avez-vous obtenu les catégories? ... Par l'analyse, c'est-à-dire par la réflexion. Or, encore une fois, la réflexion a pour élément nécessaire la volonté, et la volonté c'est la personnalité, c'est vous-même. Les catégories obtenus par la réflexion ont donc l'air, par leur rapport à la réflexion, à la volonté et à la personnalité, d'être personnelles ... »

Mais « si Kant, sous sa profonde analyse, avait vu la source de toute analyse, si sous la réflexion il avait vu le fait primitif et certain de l'affirmation pure, il aurait vu ... que les vérités qui nous sont ainsi données, sont des vérités absolues, subjectives, j'en conviens, par leur rapport au moi dans le phénomène total de la conscience, mais objectives en ce qu'elles en sont indépendantes ... La raison n'a aucun caractère de personnalité et de liberté ... » (1828, leç. 6.e, pp. 15-17).

N'est-ce pas là avoir renversé d'avance les fondemens de cette distinction que vous avez voulu ensuite établir dans l'endroit que j'examine? N'est-ce pas avoir prévenu directement, écarté expressément toute illation de la personnalité de la réflexion aux résultats de la réflexion? Et n'aviezvous pas dénoncé vous-même la conséquence nécessaire d'une telle façon d'argumenter, en disant que « après avoir commencé par un peu d'idéalisme, Kant aboutit au scepticisme »?

Certes, il y aboutit; mais il m'est évident que vous y aboutissez vous-même, et par le même chemin; non pas au scepticisme universel (au moins directement), mais au scepticisme dans tout ce qui vient par la réflexion, c'est-à-dire au scepticisme en philosophie. Car si, d'un côté, rien n'est moins personnel que la raison; si, de l'autre côté, de ce que la réflexion est toute personnelle il s'ensuit que le fruit de ses opérations diffère des vérités que la raison nous découvre dans l'intuition spontanée, et en diffère justement en ce qu'il ne peut participer aux droits que ces vérités possèdent comme ne venant pas de nous; si la personnalité de l'opération se communique aux résultats, y demeure, y compte, il s'ensuit aussi, ou plutôt il est dit que la réflexion ne peut aboutir à rien de rationnel, à aucune vérité.

Je vois combien cela jure avec l'intention principale de votre système; mais je trouve curieux d'employer l'instrument qui m'est fourni par vous, à l'usage même pour lequel vous l'avez forgé; à démontrer le scepticisme dans la doctrine d'un philosophe qui ne veut pas être sceptique. Au reste, je vous dis franchement que je ne puis pas être étonné de voir le scepticisme poindre de tout côté dans une philosophie, qui, après avoir placé l'aperception de la vérité, et la foi absolue dans un moment, dans une forme de la pensée, se déclare indépendante de ce moment, de cette forme; que de le voir se montrer plus à découvert lorsque cette indépendance est appliquée, mise en jeu, surtout lorsqu'il s'agit de l'établir. Ainsi, sans sortir à présent de mon texte, et de la question spéciale que j'ai entamée, je puis observer que le scepticisme est tellement inhérent au principe de la philosophie que vous voulez établir ici, que toutes vos paroles le recèlent; votre style est sceptique ici en ce qui regarde la réflexion.

Quel nom donnez-vous, en effet, à ce qui sera, selon vous, la matière de l'autorité, à ce qu'on peut se croire, jusqu'a un certain point, le droit d'imposer aux autres?

Vous appelez cela tout rondement des vérités: les vérités que la raison nous découvre.

Et comment appelez-vous ce qui sera la matière de la philosophie, ce qu'il serait trop inique et absurde d'imposer à d'autres?

Le fruit, les résultats de la réflexion.

Quoi! vous n'allez pas d'autres nom à leur donner? Aux vérités de l'intuition vous opposez les résultats de la réflexion, c'est-à-dire quelque chose d'aussi général, d'aussi indifférent que possible, quelque chose qui ne specifie, qui n'exclut pas plus la vérité que l'erreur. Vous n'allez pas plus loin, tandis que plus loin est la question: car je sais bien que ce qu'on obtient par la réflexion est un résultat; mais tant que je ne sais que cela, je ne puis rien en inférer; je ne puis voir comment ce qu'on pourrait se croire jusqu'à un certain point le droit de faire avec des vérités, il serait inique et absurde de le faire avec ce dont on ne me dit autre chose, si non que c'est un résultat.

Et ce n'est pas, ici non plus, une chicane sur les mots que je vous fais: les mots sur lesquels je vous fais mon objection ont bien sûrement l'inconvénient capital de laisser en blanc ce qu'il s'agit de décider: or, je prétends que vous ne pouviez, que vous ne pouvez en employer d'autres qui échappent à cet inconvénient, et qui touchent au vif de la question, sans faire disparaître, sans nier la différence sur laquelle vous établissez les deux principes. Essayez de dire: la réflexion étant toute personnelle, il serait trop évidemment inique et absurde d'imposer à d'autres les vérités que nous pouvons obtenir par elle. On vous remontrerait tout de suite que, si ce sont des vérités, c'est la raison qui nous les découvre, elle[s] ne viennent pas de nous, elles entrainent tous les droits que la vérité peut entrainer. On vous dirait que si ces vérités obtenues par la réflexion ont l'air, par leur rapport à la réflexion, à la volonté et la personnalité, d'être personnelles, il ne faut pas se laisser tromper à cet air, au point de leur attribuer les effets d'une personnalité qu'elles n'ont pas, qu'elles ne peuvent pas avoir, par cela même qu'elles sont des vérités.

Mais que dis-je: on vous remontrerait? ce mot même de vérités employé à cette place vous aurait avecti, avant tous, que vous opposiez la chose même à la chose même: l'iniquité et l'absurdité appliquées au désir, à la prétention que la vérité soit crue etc.

Aussi voyez quel fondement demeure à l'autorité, que devient cette autorité (je dis celle que vous voulez établir comme un principe) lorsque, en l'examinant, on se tient attentif à cette question que vous écartez: le fruit de la réflexion peut-il être la verité?

Si le cherche ce que vous entendez par autorité, je ne trouve si non qu'elle serait identique à un droit d'une intelligence d'imposer des idées aux autres intelligences. J'aurais bien des explications à vous demander sur le sens du mot imposer et sur autre chose, s'il s'agissait de nous entendre sur l'essence et les opérations de l'autorité; mais je n'examine que les fondemens que vous lui donnez; je cherche à qui vous attribuez ce droit, à qui vous le refusez, et pourquoi.

Vous l'attribuez à l'inspiration, vous le refusez à la réflexion; et vous vous fondez pour cela sur une différence que vous marquez entre ces deux momens de la pensée.

Avant de peser cette différence, avant d'apprécier les effets, et pour les apprécier avec connaissance entière, je m'attache donc à observer ce qu'il y a d'égal entre ces deux momens, et dont votre rédaction chercherait à me distraire.

Il y a (c'est-à-dire qu'il peut y avoir) des deux côtés croyance, certitude. Vous devez bien affirmer cela pour la réflexion comme pour l'inspiration, à moins que de condamner la première à un doute perpetuel, au scepticisme de fait.

Et quand je dis certitude, j'entends une certitude légitime; ce que vous devez affirmer aussi, à moins que de condamner la réflexion à ne pouvoir sortir du doute que pour entrer dans l'illusion, dans le mensonge, à moins que d'établir contre la philosophie un scepticisme de droit.

Avec une telle égalité dans ce qui est le plus essentiel, le seul essentiel même, voyons à présent quelle est la différence que vous marquez entre ces deux momens, entre leurs résultats, la différence dont vous partez pour leur assigner deux principes opposés, pour attribuer à l'un et pour refuser à l'autre un droit d'imposer.

C'est une différence d'opération, de génération, si vous voulez. Elle consiste en ce que, dans un cas, l'on est certain après réflexion, dans l'autre, on est certain sans avoir réfléchi.

Quoi! Celle-là, et pas d'autre? Celle-là et pas d'autre, au moins que je voie.

Quoi! ce serait de cela que naîtrait un droit? un droit d'une intelligence sur les autres intelligences? Quoi! l'autorité, quoi qu'elle soit, serait fondée sur cela? Ce seraient-là ses titres? Ce serait-là son cachet? Je conçois à présent que vous soyez si soigneux d'écarter son intervention, son jugement des débats de la philosophie: je ne conçois pas que vous en vouliez de cette autorité, que vous l'admettiez quelque part que ce soit. Quoi! un homme se croirait le droit de m'imposer des idées, par la raison qu'il y croirait lui, et qu'il n'y aurait pas réfléchi? Qu'on appelle l'autorité un joug avilissant pour la raison, je le trouve bon, si l'autorité est cela; c'est un joug que je crois avoir, je ne des pas le droit, mais le devoir de rejeter. J'ose même croire que personne n'a jamais prétendu à un tel droit, n'a jamais prétendu exercer une telle autorité. « L'homme » dites vous « appelle révélation l'affirmation primitive. Le genre humain a-t-il tort? » (1828, 6.e leç., p. 12).

Je suis encore de ceux qui croient que, si le genre humain pouvait avoir tort, personne ne pourrait avoir raison: mais je vous déclare que je ne lui ai jamais entendu dire pareille chose; je déclare que vous êtes le premier à qui je l'entends dire. Peut-être quelqu'un l'a-t-il dit avant vous, et c'est comme ignorant en philosophie que je ne le sais pas. Mais qu'est ce que j'ignore alors? Des opinions particulières à coup sûr. Car, ayant tant de fois entendu, tant de fois lu ce mot de révélation, et toujours dans un sens tout à fait différent de celui que vous lui attribuez, il serait par trop singulier que je ne me fusse jamais rencontré qu'avec des exceptions, avec gens qui ne penseraient pas comme le genre humain. Je ne puis croire cela; et en entendant par révélation toute autre chose que ce que vous appelez affirmation primitive, je crois fermement être avec le genre humain contre vous; peut-être contre un certain nombre d'hommes; contre une école qui, en prenant les mots du genre humain, prétendrait qu'il a dû dire par eux autre chose que ce qu'il a voulu dire. En ceci vous pouvez bien prendre le genre humain à partie, mais non à témoin. C'est donc par une nécessité spéciale de la position où vous vous étiez mis, c'est par une contrainte que vous imposait votre système, que vous avez dû employer ici les mots indifférens et insignificatifs de fruit, de résultat; c'est parce que tout autre mot qui eût exprimé leur qualité essentielle, aurait de lui-même ôté toute force à la raison de la personnalité et de l'impersonnalité sur laquelle vous vous fondez pour établir les deux principes opposés, et faisant disparaître toute différence essentielle entre le produit de l'inspiration et celui de la réflexion n'aurait laissé à la première qu'une circostance qui assurément n'est pas de nature à lui mériter le privilège, quel qu'il soit, que vous lui accordez.

Mais ces mots qui veulent seulement ne pas dire que par le moyen de la réflexion on peut obtenir la vérité, ces mots, si on les arrête, si on les presse, si on les sécoue, disent le contraire; ils nient implicitement ce qu'ils dissimulent, ils nient que ce qu'ils indiquent puisse être la vérité. Ils le nient, parce que, n'indiquant la chose que par une circonstance extérieure, par son moyen d'être ou d'apparaître, et non par son essence, ils vous permettent d'attribuer à la chose même le caractère du moyen, c'est à dire la personnalité; ils le nient par cela seul qu'ils ne l'affirment pas; puisque, se trouvant, eux qui comprennent également, et d'une manière éventuelle et potentielle, le oui et le non, se trouvant, des-je, dans un raisonnement où les concomitances et le conséquences nécessaires du oui sont expressément repoussées, c'est la seule signification du non qui leur reste.

Ainsi il me semble que ce n'est qu'en reniant la philosophie que vous pouvez établir l'autorité sur la base que vous lui donnez.

Mais moi, qui vous accuse, avec une témérité insupportable peut-être, de vous être laissé fourvoyer par des mots, ne me suis-je pas rendu coupable moi-même d'une véritable infidélité, en citant les vôtres? Car, j'ai det que vous aviez attribué à l'inspiration un droit d'imposer; et pourtant voici tout ce que vous aviez dit au sujet de ce droit: « Comme dans l'intuition spontanée de la raison il n'y a rien de volontaire, ni par conséquent de personnel, comme les vérités que la raison nous découvre ne viennent pas de nous, il semble qu'on peut se croire jusqu'à un certain point le droit de les imposer aux autres ». J'ai donc traduit il semble par il est ainsi.

Il est vrai; mais mon excuse va être une nouvelle témérité: car je prétends que je ne pouvais combattre ni saisir le raisonnement par lequel vous établissez les deux principes opposés, l'autorité et l'indépendance, qu'en supposant l'affirmation là où vous ne proférez que le doute; je prétends en conséquence que vous m'aviez autorisé à faire cette supposition. En effet, vous refusez bien explicitement à la réflexion ce droit d'imposer; c'est dans la privation de ce droit que vous trouvez la différence entre la réflexion et l'inspiration; différence de laquelle vous partez pour leur assigner deux principes opposés; je ne pouvais donc comprendre l'autorité que comme une chose à laquelle ce droit serait inhérent.

Et je tire de là une nouvelle conclusion contre le principe de l'autorité, tel que vous l'établissez; c'est qu'il ne découle pas même des prémisses dont vous le faites dériver. Je vais transcrire encore, pour mieux motiver ma proposition sur le passage même: « Comme, dans l'intuition spontanée de la raison il n'y a rien de volontaire, ni par conséquent de personnel, comme les vérités que la raison nous découvre ne viennent pas de nous ... » Je suis attentif pour voir ce que vous déduirez de là: « il semble qu'on peut se citer jusqu'à un certain point le droit de les imposer aux autres ».

Soit; mais qu'en conclûrez vous?

« Ainsi le caractère éminent de l'inspiration renferme le principe de l'autorité. »

Ainsi? C'est-adire que la raison, le fondament, l'explication de cet énoncé se trouve dans la proposition antécédente. Or qu'y a-t-il dans la proposition antécédente? Un peut-être, une apparence, une probabilité, si vous voulez. Il semble! Mais il faut aller plus loin, pour atteindre le terrain sur lequel on puisse établir un principe. Il n'est pas même dit à qui cela semble. Est-ce à d'autres qu'à vous? Que puis-je conclure d'un tel fait? et pourquoi d'une manière de voir de je ne sais qui pourrat-il dériver un principe pour moi? Est-ce à vous qu'il semble? Mais alors, décidez vous, si vous voulez établir quelque chose d'aussi décidé qu'un principe. Ce droit, que, en fait, on peut se croire, est-on fondé à se le croire? Dérive-t-il en effet de ce que dans l'intuition spontanée il n'y ait rien de volontaire? Dites oui: j'aurai alors tout plein de questions à vous faire; je discuterai alors cette base de votre principe; mais je trouve qu'il manque de base tant que vous vous bornez à dire qu'il semble qu'on puisse se, croire ce droit. Et iusqu'à un certain point encore: voilà une incertitude sur l'étendue du principe ajoutée à l'incertitude de sa réalité. Vous me faites partir d'un fait qui ne peut être qu'absolu, sans plus ni moins, sans dégrés, tel que la non-intervention de la volonté; vous voulez me faire arriver de là à un principe également absolu; et vous me faites passer par un medium indeterminé et, vague! Qu'est-ce à dire iusqu'à un certain point? Est-ce que la condition de l'impersonnalité, cette condition si puissante, qui nous autorise à rapporter à Dieu même ce qui nous est donné avec elle (1828, leç. 6.e, p. 12), ne vaudrait pas partout? qu'il y aurait des points au delà desquels elle perdrait son efficacité, son droit? Alors pourquoi, comment vaudrait-elle en deça de ces points, elle qui ne peut avoir qu'une efficacité générale, absolue, identique? Mais je m'éloignerais trop de la question, si je suivais celles qui se pressent ici en foule; peut-être reviendront elles à une meilleure place, et en laissant de côté la consideration accessoire dans celle-ci, de l'indétermination du principe, j'insiste sur ce que, n'étant établi que sur l'énoncé d'une opinion possible, il n'est pas réellement établi; sur ce que le caractère éminent de l'inspiration, savoir l'impersonnalité, n'entrainant que l'apparence que l'on puisse se croire un droit, peut bien renfermer une apparence, mais à coup sûr ne renferme pas un principe.

J'allais vous faire une objection du même genre contre la déduction du principe de l'indépendance; mais puisque je vois que j'ai pu parler quelque temps sur l'autorité toute seule, quoique elle soit si enchevétrée, par son opposition même, avec l'indépendance, je me tiens à cette division; j'acheverai d'abord de vous dire ce que j'ai sur le coeur contre l'autorité telle quell'est proposée dans votre système; et je me dègonflerai après sur l'indépendance.

J'ai examiné cette autorité dans ses fondamens: j'ai voulu prouver qu'on ne pouvait, par la raison tirée de l'impersonnalité, l'attribuer à la spontanéité, et la dénier à la réflexion, sans établir le scepticisme dans tout ce qui vient de la réflexion, c'est-à-dire, selon vous, dans la philosophie elle-même; j'ai prétendu encore que, par une conséquence nécessaire de cette position entre deux écueils, tandis que d'un côté vos paroles, et vos réticences mêmes vont à ce scepticisme, pour peu qu'on les pousse en ligne droite, de l'autre, ne reconnaissant pas positivement à la spontanéité le droit que vous présentez comme identique à l'autorité, vous n'établissez pas réellement cette autorité que vous lui attribuez comme son principe.

Je vais à présent examiner ce même principe dans son action; et vous exposer quelques inconveniens, ou pour mieux dire des impossibilités absolues que, indépendamment de son défaut d'origine, il me semble voir dans son application.

Et d'abord cette autorité qui, pour tenir, quelque part que ce soit, la place légitime que vous lui assignez (« je parle du principe de l'autorité, non dans les matières de la foi et dans le domaine de la théologie, où l'autorité a sa place légitime »; 1829, p. 62), doit être reconnaissable, ne l'est point du tout. Pour réduire la question dans ces termes précis, il faut déclarer d'abord qu'il n'est question ici que d'une autorité qui s'exerce par l'homme sur l'homme. Mais quels sont les hommes qui possèdent l'autorité? C'est ce que cherchent et déterminent ceux qui l'admettent, c'est ce que prétendent être une recherche absurde ceux qui la nient. Mais les uns et les autres s'accordent à entendre par autorité quelque chose qui rend croyable le témoignage de quelqu'un parce que c'est le sien. C'est là l'idée commune de l'autorité; et par idée commune j'entends celle que tous, défendans et opposans, s'accordent à regarder comme le sujet de la question. Toutes les fois que l'on a entendu et que l'on entend dire: Dieu a parlé; l'Eglise l'a défini; le genre humain l'atteste; ou bien: Aristote l'enseigne; c'est un précepte d'Horace; Pline le dit expressément; ou bien encore: c'est moi qui vous le dis; vous pouvez m'en croire: tout le monde s'est accordé et s'accorde à reconnaître dans un tel langage l'application du principe de l'autorité. C'est toujours, dans les plus grandes choses, comme dans les plus petites, dans l'application la plus logique, comme dans la plus inconséquente, dans la plus légitime, comme dans la plus arbitraire, la parole de quelqu'un donnée come raison péremptoire, que l'on entend par autorité. Sitôt que celui qui avait cité cette parole, se prête, s'avoue obligé à démontrer, par toute autre raison et en oubliant l'auteur, qu'elle contient la vérité, il est censé avoir renoncé à l'autorité, pour entrer dans le raisonnemen.

Ipse dixit: c'est-là le mot de l'autorité: que l'on ait expressément reconnu, que l'on soit prét à reconnaître pour infaillible cet ipseque l'on cite, ou que l'on n'y ait pas songé, et que, poussé à bout, on se trouve contraint de dire non; que l'on soit ou non fondé a reconnaître cette infaillibilité: ce que j'entendais par application légitime et par application arbitraire; que cet ipse soit un ou plusieurs ou tous; que ce soit quelqu'un que l'on regarde comme dépositaire assuré et comme fidèle témoin de la vérité, ou la source de la vérité même: car dans l'application même la plus étendue ou plutôt dans l'application primitive du principe, c'est encore l'idée de personne, c'est « Lui » qui l'a dit.

Or c'est ici, il me semble, que vous vous séparez de tout le monde: ce que je n'observe pourtant que pour marquer ce que votre idée a de nouveau et de particulier, afin de la mieux observer au moyen de la comparaison. Elle diffère donc de l'idée commune en ce que celle-ci voit l'autorité dans les personnes, vous la placet dans une circonstance intérieure d'un aste intérieur. Or l'idée commune remplit parfaitement la condition essentielle dont il est ici question: que l'autorité soi reconnaissable. Cette idée est par là parfaitement conséquente avec elle-même; car se proposant (pour l'admettre ou pour la nier, c'est égal) une parole croyable par elle-même, et indépendamment de l'évidence de la chose signifiée à l'égard des raisons appelées à croire, elle a dû vouloir et elle a voulu une désignation des personnes dont la parole aurait une telle valeur; se proposant un témoignage qui devrait emporter la certitude, et cela dans un monde où l'on sait bien qu'il y a des témoignages trompeurs, elle a dû entendre et elle a entendu que les témoins seraient indiqués d'avance: c'était le seul moyen que cette idée avait de se rendre réalisable, pour ainsi dire; c'était le seul moyen que l'on eût de la retrouver dans le fait, pour la soutenir ou pour la combattre, pour la reconnaître ou pour la récuser.

Vous, au contraire, vous qui pourtant entendez, avec tout le monde, par autorité: parole croyable par elle-même et sans démonstration de ce qu'elle annonce (car on ne peut donner aucun autre sens au mot imposer, et c'est le seul sens au reste par lequel on puisse comprendre l'opposition que vous établissez entre l'autorité et l'examen); vous qui par conséquent vous êtes mis expressément dans la nécessité, où vous seriez d'ailleurs par la nature de la chose, de spécifier les marques auxquelles cette parole privilégiée puisse être reconnue entre toutes les paroles: vous n'adoptez pas la marque de la personne qui est dans l'idée commune: et quelle autre marque substituez vous à celle-là? Aucune, j'ose le dire; ce qui fait que l'idée de l'autorité que vous proposez, manque d'une condition tout-à-fait essentielle à la réalisation de cette idée: que l'autorité ait un moyen d'être reconnue.

« L'inspiration, fille de l'àme et du ciel, parle d'en haut avec une autorité absolue; elle ne demande pas l'attention, elle commande la foi » (1829, p, 44). Voilà bien l'autorité s'exerçant, se réalisant ou voulant se réaliser dans la pratique. Mais à quelle condition et à quelles enseignes? Quand et pourquoi devra-t-on, pourra-t-on lui accorder cette foi qu'elle commande?

« Il est certain que nous n'avons foi qu'a ce qui n'est pas nous, et que toute autorité qui doit régner sur nous, doit éntre impersonnelle » (1828, leç. 6.e, p. 14).

Ainsi l'autorité est pour vous dans l'inspiration, et y est par la raison et à condition de l'impersonnalité. Or quel moyen, je ne dis pas de voir, mais de chercher même si cette condition est remplie, si ce qui veut régner sur vous est impersonnel, si la parole qui commande n'est pas préméditée, si elle exprime vraiment une aperception primitive antérieure à toute réflexion?

Y a-t-il peut-être dans cette parole même quelque chose qui y révèle une telle condition? Vous ne dites pas cela, et je suis loin de vous attribuer une proposition si arbitraire et si en opposition avec tant de faits reconnus et avec ceux-là même que vous posez. Faudrait-il croire à celui qui déclarerait que ce qu'il dit lui vient d'en haut, qu'il n'y a rien de volontaire dans son fait; et serait-ce là, le moyen de reconnaître l'inspiration et en elle l'autorité? Autre question folle; que vous n'avez certainement pas posée, et qu'il serait trop ridicule de discuter. Aussi ne suis-je allé chercher ces absurdités que pour me rendre bien compte qu'il n'y a aucun moyen de reconnaître ce caractère d'impersonnalité qui ferait l'autorité. Ainsi l'inspiration commande la foi: mais sans qu'il y ait moyen de savoir si c'est bien elle qui commande; ainsi l'autorité doit régner sur nous: mais sans qu'il y ait moyen de voir où se trouve cette condition qui fait l'autorité. Voilà à quoi se réduit dans la réalité pratique votre idée de l'autorité.

Il me semble à present voir par un nouveau côté pourquoi, assez généralement, si je ne me trompe (et pour ne pas risquer de me tromper), dans l'endroit même où vous prétendez établir le principe de l'autorité, vous ne songez à chercher et à montrer le sentiment de cette autorité, que dans celui qui l'exerce: « Comme les vérités que la raison nous découvre (dans l'intuition spontanée) ne viennent pas de nous, il semble qu'on peut se croire jusqu'à un certain point le droit de les imposer aux autres » dites vous; et pourtant, ce fait d'imposer devant s'accomplir par le concours de deux intelligences, ce droit devant être exercé par l'une et subi par l'autre, il était, ce me semble, au moins également nécessaire d'établir et de motiver la croyance de ce droit dans l'intelligence qui doit le subir, que dans celle qui doit l'exercer. Mais c'est que pour l'établir, jusqu'à un certain point, dans celle-ci, vous pouviez au moins supposer et vous avez en effet explicitement supposé une certaine conscience, une vue intérieure de l'accomplissement de la condition qui constitue le droit: et, par conséquent, la raison de se croire le droit; c'est dans cette intelligence même que l'acte s'est consommé; elle était bien là; il y a apparence au moins qu'elle puisse se témoigner à elle-même ce qui s'est passé en elle, et se rendre compte si c'est sans qu'elle l'ait voulu, que ces vérités lui ont été découvertes, et si par conséquent elle peut se croire le droit de les imposer aux autres.

Au lieu que, pour croire ce droit à un autre, il n'y a aucun motif possible, réel ni apparent, puisque ce droit dépend d'un fait intérieur, individuel qui ne pourrait être connu que par la conscience, et qu'on n'a de conscience que pour soi.

Mais il me semble aussi voir une nouvelle raison de ce que, même à cette intelligence, que vous supposez dans le cas d'exercer l'autorité, vous n'attribuez pas affirmativement la croyance absolue de la possession du droit qui constitue l'autorité: « il semble qu'on peut se croire jusqu'à un certain point le droit de les attribuer aux autres ». C'est que cette conscience, cette vue intérieure du fait dont découlerait le droit, c'est-à-dire de l'impersonnalité, cette conscience, on peut bien la supposer en passant et pour en tirer des demiconséquences, mais il est impossible de l'établir; c'est que cette conscience (indépendamment de ce qui résulterait sur elle de l'examen de la chose en elle-même) est dans votre système, dans l'état de choses que vous faites, chose impossible et contradictoire. Quand j'aurai prouvé cela, je pourrai en tirer la conséquence que, dans ce système, il est autant impossible de reconnaître l'autorité dans soi que dans autrui: et pour le prouver, je n'ai qu'à citer. Car, comment une intelligence où le moi n'est pas encore separé du non-moi (1828, leç. 6e, p. 15) pourrait-elle rapporter à Dieu les vérités qui la dominent? (1828, leç. 6e, p. 12). Comment pourrait-elle songer à d'autres à qui il serait juste de les imposer? (1829, p. 46). Comment dans un état, dans un moment de l'intelligence où aucun jugement négatif n'a lieu (leç. 6.e, p. 7, fragm. philos. p. 340), pourrait-on se dire que ces vérités ne sont pas notre ouvrage?

Vous voyez que je pourrai bien multiplier les questions et les citations; mais il me semble que celles-ci suffisent pour prouver qu'il y aurait contradiction flagrante à afirmer une telle croyance dans un tel état. Et il me semble pourtant que vous êtes tombé dans la contradiction en affirmant la possibilité. Car, si d'un côté cet il semble que j'ai tant cité, est trop peu pour établir le principe de l'autorité; il est trop pour la chose même, puisque l'on peut et l'on doît dire: il est évident que l'intelligence dans le moment de l'inspiration ne peut se croire à aucun point ni le droit d'imposer des vérités aux autres, ni quoi que ce soit.

Je dis dans le moment de l'inspiration; car je dois croire que c'est bien dans ce moment que vous placez la possibilité de se croire le droit d'imposer aux autres les vérités qu'on a aperçues par elle. Si, pour éviter la contradiction, je voulais me figurer que c'est dans la raison qui se connaît, dans l'intelligence où le moi est séparé du non-moi que vous placez certe croyance conjecturale, vous ne le permettriez pas. Car certe distinction, certe connaissance c'est l'oeuvre de la réflexion: la volonté serait intervenue; ce serait la réflexion toute personnelle qui produirait et commanderait la foi pour un fair dont elle serait le juge et le témoin; ce serait par suite d'une opération toute volontaire que l'autorité se serait reconnue.

Mais il y a plus: outre la nécessité et l'impossibilité de reconnaître la condition de la spontanéité dans autrui et dans soi; il y a encore nécessité et impossibilité de reconnaître, même dans la véritable manifestation de la spontanéité, la spontanéité véritable. Voilà ce qu'il me semble voir dans le passage que je viens de citer à une autre fin. Je reprends de plus haut:

« L'inspiration commande la foi; aussi ne parle-t-elle pas un langage terrestre: toutes ses paroles sont des hymnes ». Mais ces paroles qu'expriment-elles, que proposent-elles, que veulent-elles imposer?

Le voici: « l'inspiration ne va pas toute seule: l'exercice de la raison est nécessairement accompagné de celui des sens, de l'imagination et du coeur, qui se mêlent aux intuitions primitives, aux illuminations immédiates de la foi et les teignent de leur couler » (1829, p. 44).

Ah ah! sans chercher ce que tout cela est, quel est précisément le produit de l'exercice des sens, de l'imagination, et du coeur, s'il est personnel ou impersonnel; si par conséquent, en supposant le premier cas, la personnalité se mêle à l'opération primitive de la raison dont vous la déclarez exclue, et si en supposant le second il y a autre chose d'impersonnel que l'inspiration à laquelle vous assignez exclusivement l'impersonnalité, sans chercher ce que c'est qu'accompagner, se mêler, teindre, si les sens, l'imagination, le coeur mêlent des pensées à part à celles de l'inspiration, et ce que pourraient être ces pensées qui ne seraient, selon vous, ni spontanées ni réfléchies, et comment ils peuvent accompagner, se mêler, teindre une pensée par autre chose que des pensées, sans dis-je chercher tout cela, il me suffit que vous déclarez vous même que cela est autre chose que l'inspiration; autre chose que les vérités venant d'en haut, par lesquelles seulement l'inspiration commande la foi. Il s'ensuit donc que dans ce tout, à propos de quoi la foi est commandée, il n'y a qu'une partie à qui la foi soit dûe. Et pourtant il faut pouvoir reconnaître, discerner certe partie, ce qui vient d'en haut, ce que l'on peut, ce que l'on doit rapporter à Dieu, la vérité, la révélation, l'inspiration toute seule; il le faut dis-je évidemment pour que la foi retrouve son objet, et ne s'égare pas dans un autre, pour que l'autorité se réalise, obtienne son effet, et n'en produise pas un autre qu'elle ne veut pas. Voilà pour la nécessité de distinguer dans le tableau confus et complexe de l'opération primitive ce qu'il y a de vrai; quant à l'impossibilité de faire certe distinction, dans le moment de la spontanéité, je n'aurais qu'à citer encore ce que vous dites, que c'est l'oeuvre d'un autre moment.

Mais je ne puis quitter ce passage sans y remarquer encore combien il y a de contradiction à supposer seulement la possibilité de la croyance à un droit d'imposer, dans le moment de l'inspiration.

Je transcris plus au long: « Après que la raison s'est développée d'une manière toute spontanée sans se connaître, en même temps que l'imagination et la sensibilité, c'est un fait, MM.rs, qu'un jour elle revient sur elle-même, et se distingue de toutes les autres facultés auxquelles elle avait d'abord été mêlée. Or, en s'en distinguant, elle se connaît: dans le tableau complexe et confus de l'opération primitive, elle discerne les traits qui lui sont propres, et elle s'aperçoit que tout ce qu'il y a de vrai dans ce tableau lui appartient. Elle acquiert ainsi peu à peu de la confiance en elle-même, et, au lieu de se laisser dominer et envelopper par les autres facultés, elle s'en sépare de plus en plus, elle les juge, les soumet à sa surveillance et à son contrôle. Puis, s'interrogeant plus profondément encore, elle se demande quelle elle est, quelle est sa nature, quelles sont ses loie, quelle est la portée de ces lois, quelles sont leurs limites, quelles sont leurs applications légitimes. Telle est l'oeuvre de la réflexion ».

Et c'est avant tout cela qu'il semble qu'on peut se croire un droit! C'est avant tout cela qu'il semble qu'on peut se dire: il n'y a dans mon fait rien de volontaire, les vérités que la raison me découvre, ne viennent pas de moi, elles ne sont pas mon ouvrage, je m'incline moi-même devant elles, comme venant d'en haut; j'ai donc jusqu'à un certain point le droit de les imposer aux autres! Oui, avant tout cela; à moins que de dire que c'est à la suite de la réflexion que l'on fait une telle découverte, que c'est sur l'autorité de la réflexion que l'on se rend ce témoignage.

Je ne puis à moins ici, quoique le sache quels charmes a une digression dans un verbiage, que de vous marquer la ressemblance frappante qu'il me semble voir entre la marche que vous suivez dans cet endroit et celle d'un de vos confrères. C'est encore vous qui m'avez fourni matière à ce rapprochement: et c'est dans la 11.me leçon de 1829, p. 459.

« Descartes recherche quel est le point de départ fixe et certain sur lequel peut s'appuyer la philosophie. Il se trouve que la pensée peut tout mettre en question, tout, excepté elle-même. En effet, quand on douterait de toutes choses, on ne pourrait au moins douter qu'on doute: or, douter c'est penser;

d'où il suit qu'on ne peut douter qu'on pense, et que la pensée ne peut se renier elle-même, car elle ne le ferait qu'avec elle-même. Là est un cercle dont il est impossible au scepticisme de sortir; là est donc le point de départ ferme et certain cherché par Descartes; et comme la pensée nous est donnée dans la conscience, voilà la conscience prise comme le point de départ et le théâtre de toute recherche philosophique.

« Suivez bien les conséquences que renferme ce principe. Je pense, et puisque je ne peux douter que je pense, je ne peux douter que je suis, en tant que je pense. Ainsi je pense, donc je suis, et l'existence m'est donnée dans la pensée. Première conséquence; voici la seconde:

« Quel est le caractère de la pensée? c'est d'être invisible, intangible, impondérable, inétendue, simple. Or, si de l'attribut au sujet la conclusion est bonne ... »

C'est ici que je m'arrête; car il ne serait pas de la plus parfaite convenance, même ayant une bonne observation à faire, de dire: c'est ici que je vous arrête vous et Descartes; c'est donc ici que je m'arrête, et dis: quoi? qu'est-ce? il y a de bonnes et de mauvaises conclusions? Voilà bien du nouveau: ou, pour mieux dire, voilà bien du vieux, qui n'a que faire dans cette argumentation, justement par ce que c'est vieux et que tout le vieux en est exclu. Et puis il y a encore des sujets et des attributs? D'où diantre cela est-il sorti? Quoi donc! Il se trouvait tout-à-l'heure que la pensée peut tout mettre en question; tout, excepté elle-même; et la voilà qui arrive avec rien moins qu'une logique toute faite, qu'elle ne songe pas même à mettre en question, qu'elle affirme, qu'elle atteste, qu'elle applique avec une bonne foi et une distraction admirables; la voilà qui croit imperturbablement des généralités telles que le sujet et l'attribut puisqu'elle s'en fait l'application spéciale à elle-même. Quoi! dis-je: Sont-ce là les conditions que Descartes avait faites avec le scepticisme? Il prétendait le faire convenir d'une chose, d'une seule chose, et de n'affirmer par conséquent que ce qui s'ensuivrait rigoureusement de celle-là: et dès le second pas, pour faire même ce second pas, il suppose comme établi quelque autre chose, une foule de choses dont on n'a parlé le moins du monde: cette pensée qui jusqu'alors ne croyait qu'à elle-même, il la fait raisonner comme si elle croyait à la logique. Je sais bien qu'elle y croit la pensée, celle du sceptique, comme celle de Descartes; elle y croit puisqu'elle argumente, elle y croit puisq'elle prétend trouver et donner des raisons pour ne rien croire; mais c'est bien là l'illusion profonde, c'est là l'inconcevable erreur (sauf respect) du raisonnement que vous reproduisez: l'erreur de croire se réduire à une seule certitude, à une certitude speciale et concrète, pour tirer tout de celle-là, tandis que l'on en a dans sa poche tout plein d'autres, dont on fera usage au premier moment, et des certitudes tellement certitudes, qu'on les supposera, implicitement même, tant elles sont intimes, à celui que l'on veut convaincre, tout comme on les sent en soi-même; l'erreur d'accepter ou de poser une question sans résultat comme sans fondement: car, si la pensée pouvait tout mettre en question, tout, excepté elle-même, jamais elle ne pourrait atteindre à aucune autre certitude; cette certitude seule demeurerait en elle perpétuellement seule, perpétuellement sterile, par la raison toute simple que l'on ne va d'une certitude à une autre que par un moyen; et, pour que ce moyen conduise à la certitude, il faut qu'il ne puisse pas être mis en question lui-même. Aussi est-ce par un ergo, que Descartes prétend aller de la certitude de la pensée à la certitude de l'existence, à l'idée même de l'existence! or cet ergone suppose rien moins qu'un ensemble de croyances, un corps entier de doctrines, une science, dont il est l'application; cette science on ne la fait pas dériver du cogito (on aurait bien de la peine, sitôt, sans détours et du premier bond): elle devrait donc pouvoir être mise en question avec le tout dont elle fait partie, puisque le cogito seul en est excepté. Et pourtant on la suppose tellement hors de question qu'on s'en sert, sans même songer à prouver qu'on a raison de s'en servir. Ainsi, au lieu de dire que c'est dès le second pas que les croyances arrivent d'en dehors du cogito, j'aurais pu et dû dire que c'est dès-le premier; mais c'est que dans le second je trouvais le sujet et l'attribut qui me donnait plus beau jeu que l'ergo, qui en est gros pourtant. Question d'ailleurs aussi singulière par rapport à ceux contre qui elle est posée, c'est-à-dire les sceptiques, que fausse en elle-même. Car au lieu de dire aux sceptiques, comme Sganarelle et comme le genre humain: Hé, que diable! vous vous moquez; au lieu de leur dire: tant que vous viendrez avec des syllogismes démontrer que rien n'est certain, je verrai toujours que vous avez foi au syllogisme: venez avec autre chose, nous verrons s'il y a lieu à discuter; en attendant on n'a rien à répondre à ceux qui se mettent en contradiction avec eux-mémes, si non qu'ils sont en contradiction avec eux-mémes: rien autre, dis-je, si on ne veut pas être pris pour dupe, et il ne faut pas l'être; et c'est une des vérités dont à coup sûr vous êtes bien persuadé: au lieu de cela on accepte sérieusement ce déni de croyance, on reconnaît légitime ce doute universel, hors un point, un seul point; c'est par là qu'on croit tenir les sceptiques, et les pousser au pied du mur; et quand on les tient bien de cette manière, on tombe sur eux, avec quoi? avec un mot, un fier mot en effet, mais qui suppose une quantité de ces croyances que l'on a cru qu'ils reniaient tout de bon, qu'on a même consenti à renier avec eux.

Mais à qui est-ce que je chante cela? A vous, qui (1829, leç. 4.e) avez si bien fait valoir cet argument contre le scepticisme, et démontré par là la contradiction radicale de cette doctrine, contradiction qui éclate immédiatement dans ce titre même de doctrine, dans le nom même de scepticisme, s'il refusait le titre? A vous, qui dans cette même leçon 6.e de 1828, autour de laquelle je sais bien moi comme je sue, aviez dit: « penser, c'est savoir qu'on pense, c'est se fier à sa pensée, c'est se fier au principe de la pensée, c'est croire à ce principe, c'est croire à l'existence de ce principe »?

Eh bien, oui, je crois pouvoir vous chanter cela, lorsque je vous entends répéter complaisamment, reproduire sans observations ce raisonnement de Descartes, où le scepticisme est accepté, professé, avec une exception il est vrai, mais c'est-à-dire le scepticisme, moins la généralité d'où vient toute sa force apparente, ce qui le fait paraître un principe, avec une exception dont le philosophe ne peut rien faire sans le secours de tout plein d'autres choses, qu'il n'avait pas songé à excepter; lorsque, dis-je, je vous entends reproduire sans observations ce raisonnement où la pensée est supposée pouvoir tout mettre en question, tout, excepté elle-même, c'est-à-dire le principe de la pensée aussi, qui certes est autre chose que la pensée elle-même. Mais que dis-je sans observations? Je me trouve bien plus de raison de vous dire à vous toutes mes raisons contre Descartes, lorsque je pense que, avant d'exposer le commencement de sa doctrine, vous avez dit qu'il « débute par les préceptes les plus sages qui n'appartiennent à aucune école, et qui sont l'âme de la philosophie moderne toute entière »; lorsque, ces premiers principes exposés, et au moment d'en réfuter des conséquences, vous dites encore qu'il « a fait preuve d'un bon sens et d'une profondeur admirable en tirant immédiatement ces deux convictions (de l'existence de l'âme et de l'existence de Dieu) des données primitives de la pensée »; comme s'il les tirait réellement de ces données primitives qu'il a faites, et telles qu'il les a faites, comme si de ces données on pourait tirer quelque chose, comme si ces données n'étaient pas en contradiction flagrante avec la réalité, et en contradiction nécessaire avec tout ce que voudra en tirer celui qui les a inventées.

Je vous traite, il semble, un peu sans façon l'un et l'autre; on dirait que j'oublie de qui et à qui je parle, et qui je suis moi qui parle; mais songez donc que j'ai raison; et que c'est cela qui m'enivre.

J'ai raison contre tous les deux, dis-je; car (et c'est-là que je devais en venir), qu'est-ce qui vous fait fermer les yeux dans cet endroit sur la singulière conduite de Descartes? C'est que Descartes avait fait en cela comme vous. Tout comme vous, après avoir partagé l'homme comme il lui semblait, après lui avoir ôté ce dont il s'était imaginé qu'il aurait pu se passer, et après lui avoir laissé ou donné quelque chose comme un germe à en tirer tout le reste, il a dû, aussitôt qu'il a voulu le faire agir, lui rendre ce qui devenait nécessaire, ou, pour mieux dire, se servir de ce qu'il trouvait en lui; il a dû reprende l'homme tout entier, l'homme tel qu'il est, l'homme fils de l'homme, élève de l'homme, l'homme qui avec une seule certitude ne se dit pas plus ergo, qu'il ne se croit un droit avant d'avoir rien distingué. Tout comme vous, ayant posé une intelligence dépourvue des conditions nécessaires du raisonnement, pour faire naître ces conditions de l'action de cette intelligence même ainsi faite, il a dû les lui rendre, les lui supposer même, pour la faire agir; car, comment peut-on faire agir une intelligence, qu'en la faisant raisonner? et comment la faire raisonner, qu'avec les conditions du raisonnement? Il a dû, comme vous, substituer l'homme au fantôme; comme vous il a dû donner à sa statue tous les sens à la fois, ou, pour mieux dire, il a dû lui supposer le sens commun, aussitôt qu'il a voulu lui faire mettre en oeuvre la portion d'intelligence, qu'il lui avait plu de lui donner toute seule. Et ne vous déplaise de la statue; au fond, c'est aussi un moment, un premier moment; et, pour vous parler aussi franchement que je me parle et que vous aimez qu'on vous parle, le cogito tout seul, l'odorat tout seul, l'aperception pure sont à mes yeux trois moyens du même genre pour arriver à des buts tout-à-fait semblables. C'est toujours un homme moindre, c'est-àdire différent de celui que l'homme connaît par la conscience et par l'expérience, imaginé pour rendre raison de l'homme tel que l'homme le connaît: ce sont toujours hypothèses ou inductions, pour expliquer l'intelligence, indépendamment des faits les plus importans, les plus manifestes, les plus constans, pour tirer toute cette intelligence d'une parcelle, d'un exercice unique de l'intelligence par des développemens, par des intus-créations pour ainsi dire, par des voies enfin, dont ni l'histoire ni la conscience ne donnent le plus petit témoignage ni le plus léger indice; pour expliquer, dis-je, chaque intelligence par des raisons tirées d'elle seule, sans tenir compte de ce que toute intelligence reçoit des autres, sans tenir aucun compte d'un tel fait que vous devriez pourtant prendre en considération comme une difficulté, si vous n'en voulez pas comme explication; puisqu'il est toujours là pour montrer l'homme apprenant des autres ce que vous voulez absolument lui faire trouver à lui tout seul, recevant d'autres hommes, et par un moyen que, non seulement il n'a pas fait, et qu'il ne pourrait pas faire, mais dont il ne pourrait pas même se servir s'il était seul, ce que vous voulez absolument faire pousser dans ce petit coin d'intelligence que le système lui laisse ou lui départit. Et c'est toujours la même nécessité de prendre hors de ce coin les moyens indispensables pour en tirer quelque chose.

Je reviens à la question; et j'y reviens, non pour ajouter d'autres raisons à celles que je vous ai exposées, car il y en a bien assez, sinon pour la conviction, au moins pour la patience; mais j'y reviens pour les résumer, pour les rappeler, ce que cette longue digression a rendu nécessaire. Ma thèse était donc que l'autorité, telle que vous la faites, manquerait d'une condition essentielle à l'autorité, qui est de pouvoir être reconnue. J'ai observé d'abord que, séparé en cela de tout le monde, qui voit l'autorité dans les personnes, vous la placez dans la condition intérieure d'un acte, et que cette condition est tout-à-fait impossible à vérifier. De là j'ai passé à démontrer qu'une telle autorité ne serait pas plus reconnaissable pour celui-là même qui en serait nanti, parce que la spontanéité, qui est cette condition, exclut, d'après votre doctrine, le discernement indispensable pour faire cette reconnaissance. J'ai observé de plus que, le produit de la spontanéité étant, toujours selon vous, nécessairement et singulièrement mêlé, il était encore impossible de discerner dans ce produit ce qui était inspiration de ce qui ne l'était pas, et par conséquent ce qui était de ce qui n'était pas matière à autorité. J'ai trouvé ensuite, et par application des observations antérieures, que, lorsque vous avez voulu une fois réaliser, pour ainsi dire, le sentiment de l'autorité, et le donner au moins à l'intelligence appelée à exercer cette autorité, vous avez dû tomber en contradiction; et j'ai remarqué enfin, par digression et par surplus, que cette contradiction ressemblait singulièrement, dans ses motifs et dans sa cause, à celle où un de vos dévanciers me paraît être également tombé.

Ainsi, nul moyen de discerner l'autorité, première impossibilité dans l'application pratique du principe.

Je trouve en second lieu que tout exercice de l'autorité est rendu également impossible, et de plus inutile, par cette identité de la spontanéité dans la race humaine (1828, 6e, p. 19), qui est encore un des points fondamentaux de votre système.

Certe identité est si positivement affirmée dans les paroles mêmes avec lesquelles je viens de l'indiquer, et qui sont les vôtres, et dans d'autres non moins expresses, que pour démontrer certe autre thèse, je n'aurais, ce semble, qu'à prendre d'abord pour mineure quelqu'une de vos phrases qui contiennent certe affirmation, par exemple: l'aperception pure, la foi spontanée appartient à tous (ibid.); à établir ensuite certe majeure niaise à force d'être evidente: il ne peut y avoir ni moyen ni motif d'imposer à quelqu'un ce qui appartient à tous; la conséquence arriverait d'elle-même: donc il est également impossible et inutile d'imposer les vérités qui nous sont découvertes dans l'aperception pure, donc, au lieu qu'on puisse se croire le droit de les imposer aux autres par la raison qu'elles ne sont pas notre ouvrage, on ne peut, en aucune manière, se croire le droit de les imposer à qui que ce soit, puisqu'elles ne manquent à personne; donc, bien loin que le caractère éminent de l'inspiration puisse renfermer le principe de l'autorité, un autre caractère de l'inspiration, l'identité, l'universalité, exclut au contraire toute autorité, en rendant son action aussi impossible et aussi inutile, qu'il est inutile et impossible de faire ce qui est fait.

Voilà, dis-je, le raisonnement que, du premier moment, il m'a paru qu'on pouvait tirer de cetteidentité, si résolument affirmée par vous; mais, comme vous parlez aussi de différences qui se trouveraient dans cette même spontanéité, de quelque plus ou moins qu'elle pourrait admettre, je me demande si ce raisonnement ne porterait peut-être pas à faux, en ce que (et c'est là toute sa force) on y prend dans un sens absolu ce à quoi vous auriez apporté des modifications.

Mais d'abord en quel autre sens peut-on le prendre? Identité est un mot qui ne souffre pas différentes explications, un mot sur lequel on ne peut revenir que pour le rétracter, auquel il ne reste aucun sens dès qu'on lui ôterait le sens absolu qui est le sien. Si je demande à qui que ce soit ce qu'il entend par identité, il me répondra qu'il entend ce qui n'admet point de différences. Ce qui en admet en petit nombre ou de peu importantes, on l'appelle autrement. Or, après vous avoir entendu dire: l'identité de la spontanéité dans la race humaine, avec l'identité de la foi absolue qu'elle engendre (1828, 6, 19), ne suis-je pas bien et dûment et définitivement autorisé à repousser l'énonciation même de différences dans cette même spontanéité, dans cette même foi? Renoncez à l'identité, et je suis prêt à vous entendre sur les différences. Dites que ce que vous aviez d'abord appelé identité, n'est au bout du compte qu'une grande ressemblance; ce mot là supportera les différences, ou, pour mieux dire, il les exigera: avec ce mot là plus de contradiction, mais aussi il faudra refaire le système. Mais, encore une fois, maintenir le mot d'identité, parce qu'il est nécessaire à votre système, et le mot de différences, parce qu'il vous devient nécessaire à son tour, cela ne se peut pas. Ainsi, l'objection étant qu'il ne peut y avoir matière à imposer là où il y a identité, des différences quelconques ne peuvent jamais être un moyen de la résoudre, puisque leur énoncé même est une contradiction. Et il en arrive dans ce cas comme dans tous les systèmes, lorsque quelque difficulté force à une transaction et à sortir de l'absolu où l'on s'était établi: le système est entamé, et la difficulté demeure intacte.

Mais de plus, quand vous n'auriez pas proféré le mot identité qui révèle la contradiction; elle ne se trouverait pas moins dans les choses, je dis dans les choses telles que vous les avez établies. - Car, pour ne prendre qu'un texte entre plusieurs, « qu'y a-t-il dans cette intuition primitive? tout ce qui sera plus tard dans la réflexion » (1828, leç. 6.e, p. 10). Or entre tout et tout il ne peut certainement y avoir de différence.

De sorte que, sans même examiner ce que vous dites de ces différences, il me semble que j'ai le droit de les récuser, comme étant en contradiction explicite et en contradiction logique avec le sujet où il faudrait les admettre, et que j'ai, par conséquent, le droit de persister dans mon raisonnement. Pour que j'y renonce, il faut que vous abjuriez l'identité de la spontanéité, et la spontanéité elle-même, c'est-à-dire le principe et la matière même de l'autorité, et le système tout entier.

Mais l'examen de ce que vous dites de ces différences me fournit le sujet d'autres observations, que je dois vous présenter. Je trouve donc d'abord que, après avoir positivement affirmé ces différences, vous les révoquez en doute de la manière la plus explicite, vous les niez même implicitement, mais sans retour.

Je vais en donner la preuve, non sans y ajouter quelque réflexion.

« Dans la spontanéité il y a à peine quelque différence d'homme à homme », dites-vous, pag. 19.

« La spontanéité n'admet guère de différence essentielle », dites-vous encore, pag. 23.

Et à la même page, vous dites: « Il n'y a pas de différence dans l'aperception de la vérité, ou bien les différences sont peu importantes ».

Pas de différences, ou bien des différences peu importantes? A part même l'inconciliabilité de cette proposition avec les précédentes, est-ce égal que cela? Peu ou point? Choisirons-nous au hasard? Ou nous passerons-nous de décision sur un tel point? Ce n'est pas tout un pourtant; car s'il y en a beaucoup ou peu, essentielles ou non, n'importe, l'identité est flambée, et que devient la spontanéité? S'il n'y en a point; point de matière à imposer, point de motif ni de moyen d'exercer l'autorité.

Je cherche pourquoi vous avez, en cet endroit, exprimé un doute si nouveau sur l'existence de ces différences (grâce pour les cacophonies) dans la spontanéité; pourquoi; à côté de la proposition qui les affirme, vous avez placé la proposition qui les nie: et je trouve, ou au moins il me semble de voir que c'est parce que vous veniez effectivement de les nier. C'est avec vos paroles que je dois le démontrer; mais pour que la démonstration soit un peu cossue, il me faut les reprendre d'un peu plus haut, pas plus haut pourtant que la page antécédente.

Là, après avoir proclamé « l'unité des idées fondamentales qui dérivent du développement le plus immédiat de la raison », vous venez à dire:

« Cependant sous cette unité sont des différences; il y a dans le genre humain, de siècle à siècle, de peuple à peuple, d'individu à individu, des différences manifestes. Il ne faut pas les nier, il faut les comprendre, et rechercher d'où elles viennent. D'où peuvent-elles venir? d'une seule cause. La raison se développe de deux manières: ou spontanément, ou réflexivement. Spontanéité ou réflexion... il n'y a pas d'autre forme de la pensée. Or, nous avons vu que la spontanéité n'admet guère de différences essentielles ».

Vu? J'ai vu que vous affirmez quelque chose qui ressemble à cela; pas davantage. Mais ce n'est pas cela que je poursuis à présent; continuons:

« Reste donc que les différences frappantes qui se voient dans l'espèce humaine, naissent de la réflexion. Une analyse sérieuse de la réflexion change cette induction en un fait certain ».

Eh bien, je soutiens que de cette analyse, je dis de celle que vous donnez vous-même, il résulte, non que la spontanéité n'admette guère de différences essentielles, mais qu'elle n'en admet d'aucune sorte; non que les différences frappantes, mais que toutes les différences qui se voient dans l'espèce humaine, naissent de la réflexion.

Pour le démontrer, je n'ai qu'à transcrire quelques lignes de plus.

« A quelle condition, Messieurs, réfléchissez-vous? à la condition de la mémoire. A quelle condition y a-t-il mémoire? à la condition du temps, c'est-à-dire de la succession. La réflexion ne considère les élémens de la pensée que successivement, et non à la fois. Si elle les considère successivement, elle les considère, pour un moment au moins, isolément; et comme chacun de ces élémens est important en lui-même, l'effet qu'il produit sur la réflexion peut être tel que la réflexion prenne cet élément particulier du phénomène complexe de la pensée, pour la pensée entière et le phénomène total. C'est là le péril de la réflexion; c'est dans cette possibilité que gît la possibilité de l'erreur, et dans cette possibilité de l'erreur que réside la possibilité de la différence. »

Est-ce clair que cela? est-ce positif? est-ce péremptoire? Point de différence que dans l'erreur; point d'erreur que dans la vue d'un élément particulier; point de vue d'un élément particulier que dans la réflexion; donc point de différence que dans la réflexion. Voilà pourquoi le premier mot qui vous échappe après ceux-là est: « il n'y a pas de différence dans l'aperception de la vérité ». C'est la conséquence elle-même qui vient de fait où son droit l'appelle. Cependant, comme cette conséquence est en contradiction ouverte avec vos assertions antécédentes, vous la reprenez immédiatement, vous la remettez en question en ajoutant: « ou bien les différences sont peu importantes ». Vous la remettez en question, mais à la charge de vous mettre en opposition avec l'analyse dont venait cette conséquence, à la charge de placer le doute, l'indécision, le oui et le non dans un point cardinal de votre système. Vous la rétractez en quelque façon, pour revenir à votre première proposition; mais voyez quelle condamnation terrible vous prononcez vous-même contre cette proposition immédiatement après l'avoir reproduite: « C'est dans l'erreur essentiellement mobile et diverse que peut être la différence, et l'erreur naît d'une vue incomplète et partielle des choses ».

Vous voyez; si dans l'aperception de la vérité il y a des différences - importantes ou non, les adjectifs ne font rien ici -; si dans l'aperception de la vérité il y a différence, il peut, il doit y avoir erreur dans cette aperception, cette aperception est une vue incomplète et partielle des choses, ou, pour mieux dire, il n'y a plus d'aperception de la vérité, plus de spontanéité; puisque la spontanéité n'est que par vues et autant qu'elle serait au contraire une vue de vérité, une vue complète et universelle des choses.

Et le passage que je viens d'examiner, n'est pas le seul d'où l'on puisse faire sortir la négation logique et nécessaire de toute différence quelconque dans la spontanéité! Par exemple, elle résulte cette négation non moins rigoureusement, matériellement même, de la réunion des deux propositions suivantes:

« La seule différence de l'individu à l'individu est le plus ou moins de clarté dans la manière de se rendre compte de ces élémens » (1828, leç. 5e, p. 41). « J'appelle spontanéité ... ce pouvoir que la raison a de saisir d'abord la vérité, de la comprendre et de l'admettre, sans s'en demander et s'en rendre compte » (leç. 6.e, pp. 14-15).

Certes, ce que vous entendez ici par vérité étant ce que vous entendez là par élémens, et la reconnaissance, l'observation de la vérité, ou, pour ne pas m'enferrer dans des paroles de ma façon, lorsque j'ai si beau jeu avec les vôtres, le s'en rendre compte étant toute la différence, et se trouvant exclu de la spontanéité, la différence, de quelque nature et en quelque mesure qu'on la veuille, ne peut avoir lieu dans la spontanéité.

Faut-il une déclaration encore plus expresse, encore plus formelle? Je la trouve dans cette même leçon 5.e, à la page qui précède celle que je viens de citer. « L'identité de la conscience constitue l'identité de la connaissance humaine ... Les trois termes de la conscience y forment une synthèse primitive, plus ou moins confuse. Souvent l'homme s'y arrête, et c'est le cas la plupart des hommes: quelquefois il en sort, il ajoute l'analyse à cette synthèse primitive, la développe par la réflexion ... et-alors qu'arrive-t-il? L'homme sait mieux ce qu'il savait déjà. Toute la différence possible de l'homme à l'homme est là. »

La main sur la conscience, dites-moi si je ne suis pas autorisé à maintenir mon premier raisonnement, si je n'ai pas le droit de m'appuyer sur votre témoignage pour récuser toute espèce de différence que vous voudriez établir dans la spontanéité.

Ensuite, si, en mettant de côté les hésitations et les inconciliabilités que je viens d'observer dans ce que vous dites de ces différences, je n'examine que ce que vous en dites affirmativement, je n'y puis trouver rien, non seulement de démontré, mais de positif, de concret, rien après tout qui soit convenable à l'usage auquel ces différences seraient nécessaires, je veux dire à l'exercice de l'autorité. Car en quoi consisteraient-elles ces différences? Dans un plus ou moins de confusion de la synthèse primitive (5.e, p. 40), dans plus ou moins de facilité de la pensée à se faire jour, dans plus ou moins d'éclat, d'énergie (6.e, p. 19). Tout cela n'est ni assez déterminé, ni assez clair, il s'en faut de beaucoup. Je ne vous dirai pas que cela ressemble fort, mais je vous demanderai à vous-même en quoi cela ne ressemble pas à l'idée que vous donnez de la différence qu'établit entre les hommes la réflexion, par ces mots que j'ai déjà transcrits tout-à-l'heure: « L'homme sait mieux ce qu'il savait déjà ». Si je traduisais par ces mots savoir mieux, avec lesquels vous indiquez la différence naissant de la réflexion, tous ces plus ou moins par lesquels vous indiquez une différence dans la spontanéité, trouverait-on, trouveriez-vous que ce fût abuser des mots? Et pourtant rien, rien au monde dans votre système doit se ressembler moins que ces deux sortes de différences, différence entre réflexion et spontanéité, et différence dans la spontanéité même. Il y va du tout; car, si la réflexion survenant dans la spontanéité n'y fait que quelque chose de pareil à ce qui s'y faisait avant elle, toute la distinction entre les deux momens, tout ce qui s'ensuit, toute la machine enfin tombe en même temps. Encore une fois, je ne prétends pas tirer de ce rapprochement et de la ressemblance de ces expressions un avantage définitif, et des conclusions péremptoires; mais je crois pouvoir dire que les expressions par lesquelles vous voulez donner une idée des différences possibles dans la spontanéité, expressions déjà point du tout claires, incompréhensibles même, à la place où elles sont employées, ayant encore l'inconvénient de paraître synonimes avec d'autres qui, dans le système, doivent signifier quelque chose de tout-à-fait opposé, il devient d'autant plus urgent (même en ne prenant la question que dans ce point unique où je l'ai réduite) de vous expliquer d'avantage. Je vais m'expliquer d'avantage moi-même, sur ce que je viens de dire que ces expressions ne sont pas claires, incompréhensibles même, car je ne voudrais pas avoir fair d'un chicaneur.

Certes ce n'est pas moi qui prétendrai que plus ou moins de confusion soient des mots qui ne présentent aucun sens. Parlez-moi de confusion; je vous entendrai toujours à demi-mot; et je sens si bien ce que c'est, que je serais fort embarrassé à le rendre. Et lorsque vous parlez de facilité à se faire jour, d'éclat, d'énergie et cela à propos de la pensée, je ne prétends pas non plus avoir le droit de ne rien comprendre. Grâce au ciel, comme disait le pharisien, je ne suis pas de ces gens, on peut presque dire d'autrefois, qui prétendaient qu'il faut toujours et tout définir; sans songer qu'il faudra bien arriver à des mots indéfinissables, ou définir toute sa vie, sans venir à bout de rien définir. On pourrait bien dans quelque cas souhaiter des paroles qui allassent plus droit au fait, que celles en question; mais enfin ce n'est pas vous qui ayez forgé celles-là, ce n'est pas vous qui les transférez et les appliquez le premier à la pensée; cela est dèjà fait: c'est la langue, ce sont les gens; et certes ils y comprennent quelque chose lorsqu'ils les prononcent ou qu'ils les entendent prononcer.

Oui, ils s'en servent, ils les appliquent ces expressions: à quoi donc? Je viens de le dire: à la pensée. Mais encore, à quelle pensée? A la pensée comme elle est, comme on l'entend, comme on se la connaît: voilà pourquoi on les comprend. C'est lorsqu'on les voit appliquées, non plus à la pensée, mais à un moment de la pensée, à un moment dont vous prétendez établir la réalité, non sur aucun témoignage de la conscience humaine, mais sur des inductions logiques, à un moment que personne ne connaît, et qui, selon vous-même

(1828, leç. 6.e, p. 9), n'est plus et ne peut plus revenir, à un moment dont on n'a d'idée que par la définition que vous en donnez, c'est alors que ces expressions deviennent incompréhensibles.

Car songez donc que si l'on conçoit ce que veut dire plus ou moins de confusion dans la pensée, c'est parce qu'on y admet la distinction; ou, pour ne rien changer à vos paroles, songez que synthèse plus ou moins confuse ne sont paroles intelligibles, qu'en tant qu'elles sont synonymes de synthèse plus ou moins distincte, que plus confuse ne signifie rien, s'il ne signifie moins distincte, et vice-versa; et dites-moi si l'on n'a pas le droit de ne pas comprendre ce que serait une synthèse plus ou moins confuse dans un moment de la pensée où la pensée croit à tout sans rien distinguer (1828, leç. 6.e, p. 28).

De même, si l'on trouve un sens à plus ou moins de facilité de la pensée à se faire jour, c'est qu'on sous-entend: entre autres pensées, c'est que l'on entend telle pensée, la pensée à propos, la bonne dans la circonstance, c'est-àdire une du nombre indéfini de pensées qui peuvent naître dans l'esprit de l'homme selon le nombre indéfini de sujets sur lesquels la pensée peut s'exercer. Si l'on s'entend lorsqu'on parle de plus ou moins d'éclat, d'énergie dans la pensée, c'est encore que l'on songe, non seulement à cette variété indéfinie de pensées que l'on a sur des sujets différens, mais aussi aux différences indéfinies qui peuvent exister et qui existent en effet entre des pensées ayant entre elles des points de ressemblance, d'identité même, entre des pensées qui conçoivent et représentent, non pas la même chose, mais tel ou tel autre côté, plus ou moins de côtés de la même chose. Je sens, non pas autant que vous, mais assez vivement, combien ce que je dis est loin de la précision et de la profondeur qui serait nécessaire pour rendre compte du sens intime des métaphores en question; mais je crois que cela suffit pour indiquer comment nous autres bonnes gens, nous y en trouvons assez pour les employer. Et comme dans le négatif la profondeur n'est pas requise et la précision est plus facile et plus assurée, je me bornerai à dire que, à quoi que nous songeons en parlant de plus ou moins d'éclat, d'énergie dans la pensée, certes nous ne songeons nullement, le moins du monde à entendre là par pensée une pensée universelle, seule de son genre, ayant pour sujet le tout sans distinction, à une première pensée, à un développement primitif de la pensée, à une manifestation de la pensée, anterieure à toute réflexion. Expressions rélatives et comparatives, on les emploie à exprimer des rélations que l'on observe en effet et des comparaisons que l'on fait réellement: transportées et appliquées à un absolu, à un unique que l'on ne connaît, on n'y comprend plus rien, si ce n'est une contradiction manifeste.

Car c'est là qu'il faut toujours tomber; on a beau se proposer d'exclure ce point d'une partie de l'argumentation; [comment trouver] le moyen de ne pas conclure à la contradiction à chaque pas, lorsqu'on analyse une doctrine où il s'agit de placer des différences dans l'identité, du plus et du moins dans le tout, de mettre ensemble « des natures plus ou moins heureusement douées, dans lesquelles la pensée se fait jour plus facilement et l'inspiration se manifeste avec plus d'éclat », avec « une raison égale (sous sa forme instinctive et spontanée) à elle-même dans toutes les générations de l'humanité, et dans tous les individus dont ces diverses générations se composent »?

Je ne dois pourtant pas conclure, sans faire mention de quelque autre chose que vous dites sur les différences qui pourraient avoir lieu dans la spontanéité. Ces différences, quelles qu'elles puissent être (et j'ai fait voir que vous ne les faites pas être, et qu'elles ne peuvent pas être) ces différences, selon vous, après tout ne seraient pas frappantes, ne seraient guère essentielles, seraient peu importantes (pp. 23-24).

Voilà donc à quoi se réduirait l'autorité! Au commencement je la trouvais tyrannique, je trouvais ses prétentions, je ne dis pas exorbitantes, mais tout-à-fait illégitimes; à présent je les trouve si légères que je serais presque disposé à les lui accorder sans examiner la valeur de son droit, s'il s'agissait de quelque chose qui dépendît de moi. Ce droit qu'on pourrait se croire d'imposer aux autres les vérités qui nous viennent d'en haut, n'aurait dans tous les cas objet que quelque chose qui n'est guère essentiel. « Celui qui possède à un plus haut degré que ses semblables le don merveilleux de l'inspiration », et qui, pour cela, « passe à leurs yeux pour le confident et l'interprète de Dieu » (p. 13), n'aurait qu'a leur apprendre quelque chose de non frappant, de peu important, à moins qu'il ne voulût leur apprendre ce qu'ils savent déjà aussi bien que lui!

« Voilà l'origine sacrée des prophéties, des pontificats, des cultes »! (ibid.). Voilà en effet ce qu'elle serait dans votre système, si dans ce système elle était possible; mais (et à present je conclus en me résumant) il est impossible de rien apprendre là où tout est identique. Identique; qualité que vous attribuez dans les termes les plus affirmatifs à la spontanéité; qualité, qui, sans votre affirmation, s'appliquerait d'elle-même au tout dont vous faites l'objet de la spontanéité; qualité que vous prétendez, il est vrai, accorder avec des différences; mais ces différences vous les révoquez en doute, elles sont niées implicitement par d'autres principes de votre système, vous les niez vous-même assez explicitement, vous ne les spécifiez, ni ne les qualifiez en aucune manière: quand vous les affirmeriez constamment, quand vous les démontreriez et les spécifieriez (ah l'euphonie!) à ne rien laisser à désirer, elles nieraient l'identité, elles ne pourraient s'accorder avec elle. Tant que vous ne la nierez (s'ensuive ce qui pourra) aussi expressément que vous l'avez affirmée, je devrai dire: identité de la spontanéité, second inconvénient, seconde impossibilité dans l'exercice de l'autorité.

Je trouve la troisième, qui sera la dernière (car, comme on dit, il faut savoir se borner), dans l'instrument nécessaire et indispensable pour cet exercice. Je dis qu'il y a contradiction, incompatibilité absolue entre la matière et l'instrument de l'autorité. Et d'abord, je m'en vais essayer de démontrer cette contradiction, sans sortir des données de votre système. Quel est en effet l'instrument de l'autorité? avec quoi peut-on imposer des vérités aux autres?

Belle demande: avec la parole, avec les langues, avec des mots. « Quand l'homme pressé par l'aperception vive et rapide de la vérité ... tente de produire au-dehors ce qui se passe en lui, et de l'exprimer par des mots, il ne peut l'exprimer que par des mots qui ont le même caractère ... la langue de l'inspiration est la poésie ... » (1828, 6.e, p. 13). Mais est-il besoin de citer?

Et que s'agit-il d'exprimer avec ces mots? Le voici: « l'affirmation absolue de la vérité sans réflexion » (p. 13), « une affirmation sans négation » (p. 10).

Or je dis que cela implique. Car, voilà d'abord des mots; ces mots expriment; jusque-là je n'ai rien à dire: les mots expriment en effet; ils expriment, quoi? tous la même chose?

Allons donc; est-ce là une question? Oui; on se fait de ces questions-là, et de plus saugrenues, lorsqu'on est en train de réfuter: et l'on y répond encore, qui plus est. Ainsi, je réponds: non, les mots n'expriment pas tous la même chose; je vais même le prouver, l'expliquer, car cela m'est nécessaire. Tant s'en faut que les mots expriment tous la même chose, qu'ils ne sont des mots, on ne les nomme ainsi au pluriel, qu'en tant qu'ils expriment des choses différentes: en d'autres termes, chaque mot n'est un mot que parce qu'il exprime quelque chose qu'un autre n'exprime pas. S'il y a dans une langue deux ou plusieurs mots qui expriment exactement la même chose, on les appelle synonymes, et on ne regarde ces synonymes comme des mots divers, comme plusieurs mots, qu'à l'égard de la diversité de la forme extérieure: en disant qu'une langue est un composé de mots, ce n'est pas à ceux là que l'on songe, on les exclut au contraire implicitement, et des millions de synonymes ne seraient pas plus une langue, qu'un seul mot ne pourrait l'être. S'il y a donc un mot qui puisse exprimer ce que vous placez dans l'aperception primitive, ce que vous appelez « tout ce qui sera plus tard dans la réflexion », ce mot-là est et sera perpétuellement seul de son métier, de sa signification: tous les autres mots existants et possibles dans toutes les langues existantes et possibles, représenteront des parties, si vous voulez, de ce que celui-là représente, mais toujours et par cela même, ce seront des mots différents de lui, comme il sont différents entre eux.

Plusieurs mots représentant donc nécessairement différentes choses, il s'ensuit qu'on n'emploie des mots, qu'a la condition d'avoir remarqué, de vouloir exprimer des différences dans les choses, dans le tout, si vous aimez mieux.

Or, à quelle condition, remarque-t-on, conçoit-on des différences? Ici c'est bien vous qui allez répondre. A la condition de la réflexion. Donc toute langue, par cela que c'est un composé de mots, suppose la réflexion; donc des mots ne peuvent exprimer que le résultat de la réflexion; donc ils ne peuvent exprimer « l'affirmation absolue de la vérité sans réflexion »; donc « la langue de l'inspiration » est une contradiction manifeste; ou, pour parler plus exactement, ce que vous appelez inspiration, intuition, spontanéité, aperception primitive, ne peut, d'après votre propre doctrine, avoir une langue.

Que si je pouvais trouver que vous l'eussiez affirmé vous-méme en propres termes, que vous eussiez oppose expressément leslangues à l'inspiration, et démontré l'incompatibilité de ces deux choses en démontrant dans les langues (et en l'y démontrant comme essentielle) une qualité que vous excluez essentiellement de l'inspiration, la qualité qui distinguerait justement la réflexion de l'inspiration, vous sentez bien, que, dans ma passion de vous opposer à vous-même, ce me serait une trop bonne fortune pour la négliger. Or ne puis-je pas dire d'avoir trouvé mon fait dans le passage que je vais transcrire?

« Aujourd'hui, dans l'intelligence développée, dans les langues, qui sont ce que les a faites l'intelligence, le fini suppose l'infini, comme l'infini le fini: le contraire appelle le contraire ... », pag. 6, et à la suivante: « la négation essayée et convaincue d'impuissance est le caractère propre du phénomène, tel qu'il se manifeste aujourd'hui dans la conscience ». N'est-ce pas dire que, nommément en ce qui regarde les trois termes de la conscience, et qui est, selon vous, l'objet de l'inspiration, les langues ne peuvent affirmer qu'en niant en même temps, et que par conséquent elles ne peuvent rendre en aucune manière l'inspiration, que vous allez définir « une affirmation sans négation », et que vous définissez ainsi pour l'opposer justement à cette intelligence développée, à laquelle vous donnez les langues, comme pour déclarer que non seulement elles sont ses interprètes, son instrument naturel, mais qu'elles ne peuvent être un instrument que pour elle? je pense que c'est vraiment, dire cela.

M'objecterait-on que, dans ce passage, vous ne parlez pas des langues en général et dans un sens absolu? que ce mot aujourd'huis'applique aux langues tout comme à l'intelligence, et se trouve là pour restreindre ce que vous dites des langues aux langues développées à un certain dégré? que ces autres mots: « voilà comme aujourd'hui se passent les choses; mais se sont-elles toujours ainsi passées? » indiquent un état de la parole, une période où les langues n'auraient pas été assujetties à la nécessité que vous observez dans leur état actuel?

Je répondrais hardiment que cette interprétation n'est pas soutenable. J'admets (et certes cela n'a pas besoin d'être admis par moi) différents dégrés de développement dans les langues: oui, mais dans les langues, c'est-à-dire dans quelque chose qui ait les conditions nécessaires pour être une langue; mais dans ces conditions point de dégrés: on les a, ou l'on ne les a pas; on est (il me faut absolument en revenir là) ou l'on n'est point une langue. Or, on n'est langue qu'à condition d'avoir des mots; on n'est mot qu'a condiction de nommer; on ne nomme quoi que ce soit, qu'à condition de supposer non seulement son contraire, s'il en a, mais autre chose qui n'est pas ce que l'on nomme. Nommer, c'est choisir, c'est distinguer, c'est exclure: c'est, pour en parler à votre manière (qui est ma foi la bonne, et dont, certainement, je ne me serais pas avisé sans vous), c'est nier l'identité avec ce qu'on nomme, et en même temps, et par cela même, affirmer l'existence d'autre chose qu'on ne nomme pas. Il y a un etcetera dans chaque mot, dans tous les mots possibles, dans le mottout, comme dans le mot partie, puisque celui-là ne suppose pas moins la conception de celui-ci, que celui-ci de celui-là. Que dis-je, un mot suppose autre chose que ce qu'il nomme? ne suppose-t-il pas d'autres choses nommées, ne suppose-t-il pas d'autres mots? Car, conçoit-on un mot, sans qu'il y en ait? Un mot sans une langue, ou une langue d'un mot? Un mot tout seul? Le fait spécial d'un mot, sans le fait général de la parole? Ou la parole étant un fait spécial?... Ah! j'oubliais que l'on a cru le concevoir; mais je n'ai pas besoin à présent d'aller jusque-là. C'est de mots, c'est de langues que vous parlez: cela (et c'est vous qui m'avez bien aidé à le démontrer), cela suppose, cela représente nécessairement conception distincte, exclusion, négation.

Ainsi, veut-on deux momens de la pensée, que l'on appellera l'un spontanéité, inspiration, l'autre réflexion? je ne conteste pas cela à présent... peut-être le conteste-je plus que je ne le pense moi-même; mais c'est égal, je ne songe pas à le contester: je conteste seulement au premier la faculté de parler. Veut-on que le fini ait été dans la conscience sans y représenter le contraire de l'infini, je ne disputerai pas sur cela à présent: si j'avais à le faire, je commencerais par demander pourquoi et comment... mais encore une fois, il ne s'agit pas de cela à present: qu'il y ait été, ou qu'il y soit, comme on voudra; mais qu'il y soit resté, qu'il y reste toujours. Pour passer en cet état dans la langue, je lui refuse le passeport: nier l'infini, ou pour mieux dire, nier qu'il est l'infini, est sa condition pour être un mot. C'est la condition de tout: que tout ait été dans la conscience compénétré, identifié, affirmé sans négation; il n'a pu ètre dans la langue qu'au moyen de mots dont chacun, en disant ce qu'il a à dire, dit de plus: mes confrères disent autre chose.

Mais fallait-il tant ergoter, tant vous citer et vous commenter vous-même pour prouver, quoi? que les langues sont essentiellement

Liked This Book?

For More FREE e-Books visit Freeditorial.com